あなたの事はもういりませんから
どうぞお好きになさって？

Characters
ノルト・スティシアーノ
王立魔道士団の団長を務める公爵家の嫡男。
ミリアベルの魔法指導を引き受けた。
真面目に努力を重ねる彼女に好意を抱く。
ミリアベル・フィオネスタ
婚約者に裏切られた伯爵令嬢。
聖魔法の才能に目覚め、目まぐるしく変わる
日常に悩みながらも前向きに進んでいく。

ネウス
謎多き“魔の者”の王。
ある目的を持って魔獣を
人間にけしかける。
カーティス・アルハランド
魔道士団の副団長。ノルトの幼なじみで、
昔から彼の無茶ぶりに応えている。
ベスタ・アランドワ
侯爵家の嫡男で、ミリアベルの婚約者。
ティアラに心酔しているようで――？
ティアラ・フローラモ
“奇跡の乙女”と呼ばれる子爵令嬢。
希少な聖魔法の使い手で、
学院生たちに慕われている。

目次

あなたの事はもういりませんから
どうぞお好きになさって？

第一章

伯爵令嬢であるミリアベル・フィオネスタには同い年の婚約者がいた。

青年の名前はベスタ・アランドワ。侯爵家の嫡男で、文武両道の美丈夫である。

婚約をしたのは五年前、お互いが十二歳の時だった。初めはいささかぎこちない関係の二人ではあったが、顔を合わせる度、言葉を交わす度に、二人は打ち解けていった。

政略的な婚約のはずだったけれど、五年間の交流でお互いを特別に思うようになり、婚約者としてとてもいい関係を築けていると思っていた。

十六歳になって貴族学院に通い始めてからは、学友たちにベスタがとても人気で、ミリアベルはどこか優越感を覚えていた。

自分の婚約者は、学院の令息や令嬢たちからも好かれる素晴らしい人物なのだと嬉しかったのだ。

そんな婚約者を誇らしく思い、彼に相応《ふさわ》しい女性になろうと、ミリアベルは強く心に刻んだ。

だが、学院に通い始めて二年目。

一学年下に「奇跡の乙女」と呼ばれる令嬢が入学すると、ミリアベルの順風満帆な人生は音を立てて崩れ始めた。

◇◆◇

平民よりも貴族の方が、比較的多くの魔力を持って生まれる傾向にある。貴族たちはそれを活かして平民にはできない魔法を使用した仕事に就《つ》く者が多い。

一方で、平民や、貴族の次男や令嬢は保有魔力量が少なくても就《つ》くことができる魔法騎士団を目指すことが多い。

彼らの仕事は領内の平民たちを魔物から守ることだ。命の危険を伴うため、給金が良く、平民でも騎士爵を賜《たまわ》る可能性があるのでとても人気の職である。

魔法は自然の五元素である、火・水・雷・土・風に分類され、治癒魔法等は五元素魔法の枠組みから外れて光・聖魔法と呼ばれる。

光・聖魔法の使い手はとても希少だ。国からの指示で魔物や魔獣の討伐に同行することもあり、重宝されている。

そんな、滅多にいないと言われる治癒魔法の使い手が、学院の一学年下に姿を現した「奇跡の乙女」だ。

ティアラ・フローラモという子爵家の末娘で、可愛らしい顔立ちと、治癒魔法の使い手であることから一躍学院内の有名人となった。

誰に対しても礼儀正しく、品行方正なティアラに懸想《けそう》する男子生徒は多く、果ては学院の外からティアラを一目見ようとやって来る貴族男性もいた。

周りの熱狂的な騒ぎに反して、ミリアベルは言い知れない不安を覚えていた。

なぜなら、二学年に進級してからというもの、婚約者であるベスタと過ごす時間が目に見えて減ったからである。

共にとっていた昼食も、登下校も、断られることが多くなっていた。


そして、そんな生活が続いたある日。

ミリアベルは自分の婚約者であるベスタ・アランドワと、奇跡の乙女であるティアラ・フローラモが肩を寄せ合い、人気の少ない方へ姿を消すのを見てしまった。

「ベスタ、様……？」

嫌な予感がしたミリアベルは、ぎゅっと心臓の辺りを握り締め、震える足で二人の後をこっそりと追った。

周りからは「まーたベスタかよ、まあお似合いだもんな」とか、「とうとう奇跡の乙女も誰かの物になっちまうのか」「奇跡の乙女には敵わないわね」等と話している声が聞こえる。

好き勝手な事を言う周囲の態度は、まるで自分の姿など見えていないようだ。

ミリアベルは瞳を潤ませてそっと視線を逸らす。

違う。きっと、何か特別な話があるだけだ。

あの二人はそういう仲ではない。

ミリアベルは必死に自分に言い聞かせた。

そうでないと気持ちが萎んでしまいそうで、耐えられなくなってしまいそうで……

ぎゅう、と唇を噛み締めて二人の後ろ姿を見つめながらついていく。

学院の渡り廊下を過ぎ、裏口から扉を開けて出て行った二人は、最終的に校舎裏で足を止めた。

そして友人としては近過ぎる距離で話し始める。

まるで恋人同士のような親密な雰囲気だ。

今までは自分に向けられていたベスタの恋焦がれるようなその表情が、なぜか自分以外の女性に向けられている。ミリアベルは悲痛に表情を歪めた。

——止めて……！　私以外の女の子に笑いかけないで、その表情を私以外に見せないで！

段々と視界が涙でぼやけてきた。

さらに、風向きが変わったのだろうか。今まで聞こえなかった二人の声がミリアベルの耳に届いてしまう。

耳を塞ぎたいけれど、まるで硬直したように体が動かない。

「ティアラ嬢……私が本当に愛しているのは貴女だけです」

「嬉しい、ベスタ様。たとえベスタ様に婚約者がいようと、私は貴方をお慕い申し上げております……」

「所詮は親の決めた婚約者……私が想っているのはティアラ嬢ただ一人……あの女のことなど気にしなくともいいのです」

今まで聞いたことが無いほど甘いベスタの声。

自分には愛している、と言ってくれたことは一度もない。

それなのに、ティアラには簡単にその言葉を告げ、蕩《とろ》けるような笑みを向けている。

ミリアベルは震える唇で小さく零《こぼ》した。

「……っ、もう、やめて」

目の前で熱く見つめ合う二人は、うっとりとした表情で顔を寄せていく。

「嫌だ、ベスタ様」

嫌だ、嫌だ、見たくない。

そう思っているのに、ミリアベルの視線は距離を近づけていく二人に固定されたかのように動かせない。

耐え切れずに涙を零《こぼ》した瞬間、二人の唇がゆっくりと重なり、ミリアベルはよろり、とふらつく。

その際に足音を立ててしまい、ティアラと口付け合っていたベスタがちらりとミリアベルに視線を向けた。

ぱちり、と目が合ってしまい、ミリアベルは咄嗟《とっさ》にその場から走り去った。

しかし、ベスタは冷たい視線を向けただけで、ティアラとの逢瀬を楽しみ続けた。

◇◆◇

「ミリアベル、早く学院を卒業して君と夫婦になりたいよ」

「ベスタ様……私も同じ気持ちです。卒業までの時間がとても長く感じられて……」

「ミリアベルはとても美しい。私以外の男に目移りしては駄目だよ？」

「私にはベスタ様しか見えていないですわ。ベスタ様こそ、私以外の方に心を奪われないでくださいませね？」

「もちろんだよ！　私にはミリアベルしかいない。君以外を慕うなんてありえないことだ。神に誓って、私にはミリアベルだけだよ」

以前は、あんなに自分にはミリアベルだけだ、と言っていたくせに。

神に誓って、という言葉は全て嘘だったのだろうか。

二人で馬車に乗り、学院に登下校したのはいつが最後だっただろうか。

二人で共に学院の庭園で昼食を食べたのはいつ？

体を寄せ合い、時間を共に過ごしたのは？

一年生の頃は当たり前のように側に居た。

周りからも「素敵な婚約者ね」と言われて嬉しくて、ベスタに相応《ふさわ》しい妻になれるように、勉強も、苦手なダンスも、魔法の授業も精一杯力を尽くしてきた。

これも全て、夫になるベスタが恥をかかないようにと思ってのことだ。

その努力も、育んできた愛情も、全てが崩れて跡形もなく消えた。

逃げる時、確かにベスタと目が合ったのに。

ミリアベルは後方を確認するが、ベスタは一向に現れない。

これ以上ないくらい、心はズタズタに切り裂かれている。

先ほど見聞きしたことが夢であればいいのに。

目覚めたらきっと、ベスタは今までと変わらず伯爵邸に馬車で迎えに来てくれる。

「ふっ、ふふっ——あははっ」

そんなことが起きるはずがない。

二年生に進級して、もう数ヶ月が経っている。

ベスタが迎えに来なくなってもう三ヶ月。昼食を共にとらなくなって五ヶ月。

休日に街へ共に行かなくなって六ヶ月だ。

今までミリアベルがベスタと過ごしていた時間全てが、ティアラに費やされている。

笑いたくなくても、涙と共に笑い声が溢れてくる。ミリアベルはよろよろと渡り廊下で膝を折ると、その場で泣き崩れた。

それから、どうやって帰宅したのか覚えていない。

しばらく学院の渡り廊下で咽《むせ》び泣いた後、気付けばミリアベルは帰宅していた。恐らく、あの後は授業に出ず、早退したのだろう。

食欲がないからと夕食を断り、自室のベッドで毛布にくるまってぐすぐすと泣き続けていた。

喉《のど》がカラカラに渇いていて呼吸をするのが辛いし、泣きすぎて頭がぼうっとする。

ミリアベルはよたよたとベッドから降りると、メイドが用意してくれていた水差しからグラスに水を注いで喉《のど》を潤す。

「どうしよう、このままだとベスタ様に婚約を解消されてしまうかも……」

ベスタとティアラはあんなに愛を伝えあっていたのだ。

自分と婚約を解消して、新しくティアラと婚約を結び直すと言うかもしれない。

そうしたら、今までフィオネスタ伯爵家が融資していたアランドワ侯爵家の事業はどうなるのだろうか。

今回の婚約は、フィオネスタ伯爵家の財産に目をつけたアランドワ侯爵家が、伯爵家からの融資を目的として持ち掛けてきた話である。

フィオネスタ伯爵家は、融資をする代わりに高位貴族であるアランドワ侯爵家に娘を嫁《とつ》がせて縁を結ぶことを目的としているのだ。

また、ミリアベルの父親であるフィオネスタ伯爵は、侯爵家の後ろ盾を得て領地間の取引を円滑に、かつ優位に進めたいのだろう。

そういった家同士の思惑がある婚約なのだ。そのため、どちらか一方の気持ちで簡単に婚約を解消する事はできない。

「それに……侯爵家はうちの家の融資で新規事業を始めている……ここで婚約を解消なんてしたら……侯爵家はうちが今まで融資した金額を返済する必要があるのではないかしら？」

ミリアベルは、自分の顎に指を当てて考える。

もしかしたら、自分はベスタと婚約を解消しなくても済むのではないか？

これはきっと、一時の気の迷いであって、学院を卒業すれば目が覚めて、以前のように自分を想ってくれるかもしれない。

一度、他の女性に愛情を向けられた悲しさはあるけれど、学院卒業後は自分だけを見て愛してくれるのであれば、いつか忘れられるかもしれない。

「――そうよ、ベスタ様は一時の気の迷いであんなことを……」

自分が許す、許さないと決める問題ではないのだ。

家のために、この婚約は継続しなくてはいけない。

ミリアベルは、ベッド脇のチェストから、過去にベスタから贈られたリボンや宝石を取り出した。

手のひらに乗せて、大事そうに見つめる。

明日、ベスタに会って話をしてみよう。

今までは時間を取ってほしいと伝えても、何かしら理由を付けて断られていた。

しかし、こんなことになった以上は、ベスタが今後の自分たちの婚約についてどう考えているのかしっかりと話を聞き、早まったことを考えているのであれば説得しなければいけない。

ミリアベルは泣きすぎて腫《は》れてしまった目元を冷やすために、メイドを呼んで濡れタオルを用意してもらおうと自室の扉を開けた。

◇◆◇

翌朝。

昨日、目元を冷やしたお陰で腫《は》れは引き、ミリアベルはいつも通り学院へ向かうために伯爵邸を出た。

「……やっぱり、今日もいらっしゃらないわよね」

伯爵邸の門前にはアランドワ侯爵家の紋章が入った馬車はなく、ミリアベルを待っているのは伯爵家の馬車だ。

いつもの光景となってしまったそれに苦笑すると、ミリアベルは御者の手を借りて馬車に乗り込む。

ベスタが初めて迎えに来てくれなかった日、ミリアベルは彼の身に何かあったのではないかと心配しながら登校したのだが、ベスタはそこであっさりと見つかった。

学院の一年生が過ごす棟の入口で、ティアラを取り囲む男子生徒たちに交じり、嬉しそうに表情を綻ばせていたのだ。

ベスタを見つけた時、ミリアベルはその光景が信じられなくて膝から崩れ落ちそうになってしまった。

その日から、学院までの行き帰りにベスタが姿を現す事はなく、それが現在まで続いている。

「お話、できるかしら……」

ベスタと直接言葉を交わしたのは、いつが最後だろうか。

ここ最近はほとんど顔を合わせる事はなく、授業が終わるとベスタはすぐさま席を立ち、一年棟へ赴《おもむ》いていた。

避けられているというよりも、完全にミリアベルの存在そのものが目に入っていないようだ。

そんなベスタの様子を思い浮かべたミリアベルは、制服の胸元をぎゅう、と握った。

制服の胸ポケットには、以前ベスタから贈られた刺繍《ししゅう》が美しいリボンをお守りとして入れている。

話しかける時は、このリボンを握りしめて勇気をもらおう。

ミリアベルは気持ちを持ち直した。馬車の中から、段々近付く学院を見つめる。

「声をかけるならば学院に登校してすぐ、朝の内ね。早く捕まえないと、またティアラさんのところへ行ってしまうわ」

学院に到着すると、ミリアベルは足早に校舎へ向かった。

「――？」

しかし、なんだか様子がおかしい。

ミリアベルは建物内へと向かう道すがら、周囲から懐疑的な視線を向けられている事に気が付いた。

戸惑い、周囲に視線を巡らせると、門のところに生徒たちが集まって、何か噂話をしている。

「一体、何だっていうの――」

なぜ突然このような視線を向けられているかわからず、ミリアベルはキョロキョロと辺りを見回した。すると、聞き覚えのある怒声が響いた。

「――ミリアベル！　やっと来たか、昨日自分がやった事をしらばっくれるつもりだったのだろう！　恥を知れ！」

「え？　何が……」

話し合いをしようと思っていた婚約者、ベスタ・アランドワが目を吊り上げ、怒りに顔を赤らめて近付いてくる。

「――っ」

急に怒鳴られ、恐怖を感じたミリアベルは半歩後ろに引く。

その場から立ち去るとでも思ったのだろうか、ベスタは「逃げる気か！」と声を上げてミリアベルの腕を掴んだ。

ぎちり、とベスタの手が強くミリアベルの腕を締め付け、痛みが走る。

「――痛っ」

「か弱い振りをして同情を誘おうとするな！　ミリアベル・フィオネスタ！　お前が昨日の放課後、奇跡の乙女・ティアラ嬢が大切にしていたブレスレットを盗み、隠した事は全校生徒が知っている！」

「――え？」

昨日の放課後、と言っただろうか。

どうやら自分はティアラの持ち物を盗んだ犯人にされているようだが、昨日はベスタとティアラの逢瀬を目撃した後、学院を早退している。

そのため、ミリアベルにはそんな事はできない。御者が証人となってくれるだろう。

「そ、それならば！　私は昨日、登校して直ぐに早退いたしましたので人違いです！」

「黙れ！　そのような嘘をつくなど、貴族として恥ずかしい事だと思わないのか⁉　なぜティアラのブレスレットを盗み、隠したんだ！　皆で捜索したお陰で無事見つけられたが、紛失している間どれだけティアラが悲しみ、傷付いていたかお前に理解できるのかっ⁉」

ぎちり、とさらに強く腕を締め付けられてミリアベルは顔をしかめる。

早く、腕を解放してほしい。

謂《いわ》れのない罪で糾弾《きゅうだん》されるのは真っ平ごめんだ。

ミリアベルは反論しようとしたが、ベスタが嘲《あざけ》るような表情を浮かべた瞬間、「ああ、そうか」と彼の思惑に思い至る。

昨日、ミリアベルはベスタとティアラの逢瀬を目撃してしまった。

ミリアベルに「見られた」事を知ったベスタは、フィオネスタ伯爵家が行動を起こす前に自分優位に事を進めるつもりかもしれない。

このままだと、自分はしてもいない盗難の責を負わねばならない。

そんな事は許さない、とベスタをキッと睨みつける。

「ああ、もしかして。昨日私とティアラ嬢が仲睦《なかむつ》まじく過ごしていたから嫉妬したのか……？」

だが、ミリアベルが言葉を紡ぐより早く、ベスタは蔑《さげす》むような言葉を吐いた。

「──違います！」

ミリアベルが咄嗟《とっさ》に声を荒らげると、周囲の視線が益々集まった。

注目を集めている事にたじろいだミリアベルは、場所を移した方がいいのでは、と考えた。

「この場では、注目を集めてしまいます……場所を移した方が……」

「私はこのまま、ここで話しても何ら不都合はないが？　お前の悪事が全生徒に広まるのが嫌か？

私をこの場所から移動させて、ティアラ嬢に働いた悪事を隠蔽《いんぺい》するつもりだな！」

集まっていた生徒たちのざわめきが大きくなる。

皆、口々にミリアベルを軽蔑するような、責めるような言葉を口にしている。

ミリアベルは自分がベスタの策略に嵌《はま》った事に今更ながら気付いた。

初めから、私の仕業だと言いふらしていたんだわ。

これは、誰だ。

婚約者であるベスタを唖然とした表情でミリアベルは見つめる。

婚約者に対して有りもしない罪をでっち上げ、衆人環視の中で責めたてる。

目の前にいる男は、自分に優しい視線を向けていた男と同一人物なのだろうか。

あれ程優しく笑いかけてくれた人と同一人物なのだろうか。

顔色を悪くし、わなわなと震えるミリアベルを見て、ベスタはにたりと嫌な笑みを浮かべると、高らかに宣言した。

「私、ベスタ・アランドワは卑劣な犯罪に手を染めたミリアベル・フィオネスタ伯爵令嬢との婚約を破棄し、清らかな心を持つティアラ・フローラモ子爵令嬢と新たに婚約を結び直す！」

ベスタが声高に告げると、周囲からどっと耳を劈《つんざ》くような歓声が上がった。

得意げに笑うベスタの表情を見て、ミリアベルは腑《ふ》に落ちた。

ああ、これが目当てだったのだ、と。

ティアラと婚約を結びたい。だが、今現在ベスタはミリアベルと婚約している。

好きな女性と婚約をし直したいという理由では、婚約を解消又は破棄した際の責任はベスタにある。

それでは、アランドワ侯爵家はフィオネスタ伯爵家に対して賠償責任が発生する。

だが、ミリアベル自身に問題があれば。

婚約を破棄するに値する程の有責事由があれば。

……ないならでっち上げてしまえば、とベスタは考えたのだろう。

家格が上位である侯爵家からの婚約破棄。

それは、到底伯爵家が抗えるものではない。

しかも、犯罪に手を染めたがための、こちら側有責の婚約破棄である。

ベスタはまんまと慰謝料も手にし、愛しい女性も手に入れるという訳だ。

未だに歓声が上がる中、ベスタは腰を折ってミリアベルに少しだけ近付いた。周囲に聞こえないように告げる。

「ミリアベル、お前側に有責事由がある婚約破棄だ。しっかりと慰謝料をもらうから逃げるなよ。それと、無駄な足掻《あが》きは止めるよう父親に言っておけ。所詮は伯爵家と侯爵家。我が家が白と言えば、お前たちは黒いものも白だと言うしかないんだよ」

「——何て、事を……」

「言いたい事はそれだけか？」

ベスタはミリアベルに言い放つと、掴んでいた腕を横に払うようにして乱暴に放した。

強く振られたせいでミリアベルはバランスを崩し、地面に倒れ込んでしまった。

ベスタはそれを蔑《さげす》むように頭上から見下ろすと、くるりと踵《きびす》を返して玄関口の方へ歩いて行く。

見物していた生徒たちも、わらわらと学院内へと入って行った。

ミリアベルは、ぼうっとベスタの後ろ姿を見つめながら自分の膝に視線を落とした。

転んだ拍子にスカートが捲《まく》れ、膝辺りまで肌が見えてしまっている。

倒れた時に擦《す》りむいたのだろう。真っ赤な血が滲《にじ》み、つう、と地面に落ちて行く。

「……いたい」

痛いのは擦《す》りむいた膝か、心か。

ミリアベルがぽつりと呟いた言葉は誰に届く事もなく、虚しく空気に霧散した。

「お父様に、ご報告しなければ……」

痛む膝を庇いながら、ミリアベルは何とか立ち上がる。

生徒たちが去って行った校舎を見上げるが、誰一人ミリアベルの味方をする人物はいない。

みな、ベスタが「そうなるよう」仕組んだのだろう。

「何て……愚かな事を……っ」

ミリアベルは自分一人ではどうする事もできない不甲斐なさ、好いた婚約者から冷たい視線を向けられた悲しさ、苦しさ。そして何も言い返せなかった悔しさに唇を噛み締めると、学院に背を向けて馬車に戻るために足を踏み出した。

◇◆◇

婚約の破棄を宣言されてしまった。

両家で話し合い、対応を考える前に、一方的に。

ベスタの根回しのせいで、自分はブレスレットなど盗んでいないといくら訴えた所で、全校生徒がミリアベルが犯人なのだと思っているのは覆《くつがえ》せない。

まして、自分は昨日教師等に告げずに早退してしまったのだ。

勝手に学院を出てしまったので公的機関に証拠として出せるだけの情報がない。

御者が証言してくれても、彼はフィオネスタ伯爵家の人間なので有効ではないだろう。

そして、争う場合、相手はアランドワ侯爵家である。

決定的な証拠がない場合、貴族社会では言ったもの勝ちとなってしまうため、高位貴族の方が強い。

物的証拠を用意できないフィオネスタ伯爵家は、泣き寝入りするしかないだろう。

「悔しい……っ、どうして……っ」

ミリアベルはうつむき、ぎゅうっと自分の唇を噛み締める。

婚約は個人の問題ではない。お互いの家が関わる大事な契約だ。

それを一方的に反故《ほご》にして、そして大勢の前で相手に冤罪《えんざい》を吹っ掛けて辱《はずかし》める行為が許されるのだろうか。

ミリアベルは拳を握り締めると、伯爵家の馬車に再び乗り込み、伯爵邸に戻った。

ごとごとと揺れる馬車の中で、ミリアベルはこの先に起こり得る事柄について考えをまとめる。

……ベスタ様はきっと私が犯罪を行った、とフィオネスタ伯爵家を糾弾《きゅうだん》するつもりだわ。

そして、そのような家の者とは結婚できないと婚約破棄を改めて宣言するでしょう。

その主張が通ってしまったら、賠償金を支払う破目になるし、伯爵家に迷惑を掛けてしまう。

どうにか冤罪《えんざい》を晴らせないかしら……

考えに耽《ふけ》っている内に伯爵邸に到着していたようで、ミリアベルは馬車から降りた。

この時間帯であれば、父は書斎で仕事をしているだろう。

このような時間に戻って来たミリアベルに驚く使用人たちに早退した事を伝えつつ、書斎へ向かう。

「――お父様」

こんこん、とノックをして父親に声をかけた。

こんな時間にミリアベルがいる事を疑問に思ったのだろう、少し間を空けて父親の声が聞こえた。

「……入りなさい」

「失礼いたします」

扉を開け、入室するとミリアベルの父親であるリバード・フィオネスタが執務机に向かっていた。

「こんな時間にどうしたんだ？　ミリアベル。まだ学院にいる時間だろうに……」

リバードは訝《いぶか》しげな顔で立ち上がり、ミリアベルをソファに促す。

「お父様……。急ぎご報告しなければならない事がございます。そのために勝手ながら学院を早退して戻って参りました」

「……ひとまず聞こうか」

二人は室内のソファに向かい合せに腰を下ろした。

すっと息を吸い、ミリアベルは先ほどの件の説明を始めた。

「本日、ベスタ・アランドワ様から私との婚約を破棄する、と宣言されました」

「――は？」

リバードはぽかん、と口を開けて呆気に取られたかのような声を出した。

「ちょ、ちょっと待ちなさい……。何を突然……」

「そう、なのです……。本当に突然の事で。ベスタ様は他に想う女性がいらっしゃいまして、その方の持ち物を昨日私が盗んだのだ、と仰いました。否定したのですが、中々ご納得いただけず……」

リバードは眉間を揉み込むようにして親指でぐりぐりと刺激する。

リバードの様子から、ベスタの話はフィオネスタ伯爵家に正式な知らせとして告げられていない、完全にベスタの暴走である事がわかる。

「……わかった。アランドワ侯爵家に確認しよう。私が対応するから、安心しなさい」

「ありがとうございます、お父様……！」

ミリアベルはほっと安堵の息を吐き出すと、お礼を言って書斎を後にした。

そっと扉に背中を預け、自分の胸元に手をやる。

制服の胸ポケットには、ベスタからもらったリボンが入ったままだ。

リボンを取り出し、きゅうっと握り締める。

数秒後、ぱっと顔を上げると自分の部屋に向かって歩き出した。

「学院を早退してしまったから、授業の復習をしなくては……！」

気持ちを切り替えるように、ミリアベルはあえて明るい声を出した。

自室に戻り、鞄から魔法学の教材を取り出す。

今は、勉強に集中したい。

何かをしていないと、先ほどベスタに向けられた冷たい視線や、蔑《さげす》むような態度を思い出し、気持ちが沈みそうだ。

ミリアベルは教材の中から目当ての教材を見つけると、椅子に座りそれを開く。

魔法学は特殊な教科だ。理論を学んでも実践できるとは限らないため、実習に一日参加できなかった事が後々命取りとなるのだ。

魔法の仕組みや性質について基本的な事が記載されている教材を確認しながら、自分の手元に五つの元素魔法を順に呼び出す。

「やっぱり、火と水は適性があるけれど、他の雷、土、風は適性がないみたいね……」

交互に指先に小さい炎と水の玉を作り出して、ミリアベルはその魔力を霧散させる。

ごく稀《まれ》に、幼少期に受けた属性の適性確認の後に新たに適性が目覚める事もあるらしいが、自分はそうではないようだ。

「風魔法が使えると、便利なのだけれど……」

生活する上で便利な事はもちろん、元素魔法の適性種類によって、就《つ》ける職種が変わる。

使用者が多い火と水以外の属性が備わっていれば、狭き門である王立魔道士団に入団する事も可能なのだ。

とはいえ属性を持っているだけではなく、難易度が高い三属性同時展開や、希少な光・聖魔法が使用できる事が入団条件なので、王立魔道士団はかなり少数のエリートで構成されている。

要人の警護や、魔物や魔獣の討伐が主な仕事内容で、魔法が使用できれば入る事が可能な魔法騎士団とは待遇も、権限も大きく異なる。

ミリアベルはそんな大それた所に入れるとは思っていないが、二属性同時展開が可能だった。

あと一つ同時に展開できればかなり優遇される仕事に就《つ》く事ができるのに、と落胆する。

二属性同時展開ですら制御するのが難しいのだ。あと一属性など、贅沢を言ってもどうしようもない。

仕方なく、教材の次のページを捲《めく》り真面目に勉学に励む。

しばらくして、ミリアベルは自分の手のひらから漏れ出る眩《まばゆ》い光に驚き、か細い悲鳴を上げた。

部屋の中は閃光に照らされ、庭師が驚きで腰を抜かすほど明るく輝いていた。

「ひゃあっ！　何⁉」

い、い、い、教材の通りに手順を守って魔法を発動しただけだったのに。

部屋を包んだ眩《まばゆ》い光は、一瞬の後に消失した。

自分の身に何が起きたかわからず放心していると、慌ただしく近付いてくる足音が聞こえた。

バタン！　と派手な音を立てて、リバードを先頭に、母親と弟が駆け付けたのだ。

「ミリアベル⁉　何事だ！」

「お父様——私にも良くわからないのです。この教材の手順通りに魔法を発動してみたら、先ほどのような事になってしまって……」

リバードは目を白黒させているミリアベルに近付くと、開かれたままの教材に視線を落とす。そしてミリアベルが指差している箇所を目にした瞬間、驚きに後ずさった。

あなた？　父上？　と妻と息子に声をかけられ、リバードは大丈夫だ、と言うように片手を上げると自分の額に手を突いて項垂《うなだ》れる。

先ほど、ミリアベルから婚約について話があったと思ったら、今度はこのようなありえない事態が起こるとは……

思考を必死に制御して、リバードはぽつりと呟いた。

「ひとまず……、陛下と聖教会に届出をしておこう……」

ミリアベルが開いていた教材のページには、「光・聖魔法」の説明が載っていた。

◇◆◇

翌日。

興奮冷めやらぬフィオネスタ伯爵家では、リバードが朝からバタバタと忙しく動いていた。

リバードは忙しなく使用人たちに指示を飛ばしながら外出の準備をしている。

国王との謁見に聖教会への訪問と、今日は慌ただしくなりそうである。

「今日の仕事は全てキャンセルを！　あと、それからこの手紙を必ずアランドワ侯爵家に届けるように！　行ってくる！」

いつも落ち着いて朗らかなリバードがここまで慌てている姿は見た事がない。

ミリアベルは両手を見下ろしながら、まだ夢現《ゆめうつつ》の気分だ。

「姉様、まだ信じられないのですか？　そんなに不思議そうに手のひらを見て」

「ラッセル……」

ミリアベルは四歳年下の弟に困ったように微笑むと「ええ、そうね」と呟いた。

「自分が治癒魔法を使えるなんて……何だか現実味がないわ……。それに、学院も休んでしまったし……」

「でも、昨日しっかりと見せてくださったじゃないですか。姉様は確かに治癒魔法の使い手ですよ！　学院は、父上も休みなさい、と仰っていたので大丈夫ですよ」

にこにこと嬉しそうなラッセルに、ミリアベルも笑いかける。

実際、昨日は何度か治癒魔法を発動した。

大きな怪我を負った者はいないので、料理中に怪我をしてしまった料理人を呼び出し、刃物でうっすらと傷付けてしまった傷跡に治癒魔法を発動した。

そうしたら、傷跡がすうっと消え、料理人も「ぴりぴりした痛みがなくなりました！」と声を上げて驚いていたのだ。

しかし、治癒魔法は外傷の他、肉体的な疲れや精神的な痛みも癒すと言われているが、それは昨日何度やっても成功しなかった。

肉体疲労だけでも癒せれば良かったのだが、力加減が難しく、上手くできなかった。

その件も含めて、父親は本日国王と、治癒魔法――光・聖魔法を管轄している聖教会本部に報告に行ったのだ。

ミリアベルは普通の元素魔法しか使えなかったはずだが、一体いつから光・聖魔法を使えるようになっていたのか。

治癒魔法が使えるようになれば、もしかしたら学院に在籍したまま、討伐について行く事もあるかもしれない。

魔物や魔獣は恐ろしいが、直接戦うのは騎士団や魔道士団に所属している人たちだ。

彼らが怪我をした際に、治癒魔法の使い手が彼らの傷を癒す。

恐怖心は拭えないものの、人の役に立てるのであれば喜んで参加しよう、とミリアベルは考えた。


リバードが戻って来たのはその日の昼過ぎであった。

だが、行きは一人であったリバードが帰りは誰かを伴っていた。

出迎えたミリアベルを始め、母親と弟はキョトンとした。

「こちらにいらっしゃるのはノルト・スティシアーノ卿だ。スティシアーノ公爵家のご嫡男で、この国の王立魔道士団の団長を務めていらっしゃる」

「初めまして。私はノルト・スティシアーノと申します。若輩ながら王立魔道士団の団長を務めさせていただいております。……本日は突然の訪問にもかかわらず、迎え入れてくださり感謝申し上げます。私が本日こちらに来たのは、ミリアベル嬢の光・聖魔法の途中覚醒が理由です」

目の前の男――ノルトが名乗り、にっこりと微笑む。

ミリアベルと母親のティシナはさぁっと血の気が引くのを感じた。

まさか公爵家の人間がやってくるとは思わず、もてなしの用意などまったくしていない。

「た、大変申し訳ございません……っスティシアーノ公爵家の方とは気付かず、ろくなお出迎えもせずに……っ」

「――ちょ、待ってくれ。頭なんて下げなくていい……！　突然の訪問に準備ができていないのは当たり前だ、驚かせてしまってこちらこそ申し訳ない」

困ったような笑みを浮かべるノルトは、王立魔道士団の濃紺と金色の飾りが入った団服をきっちりと着こなしている。金の髪が太陽の光に反射してキラキラと輝き、空の色を映したような瞳は澄んでおりとても美しい。

ミリアベルもティシナもぼうっと呆《ほう》けてしまったが、慌てて邸内に案内した。

◇◆◇

ノルト・スティシアーノ。

筆頭公爵家の嫡男で、史上最年少で王立魔道士団の団長に就任し、要人警護よりも魔物や魔獣の討伐に力を注いでいる人物である。

建国から続く由緒あるスティシアーノ公爵家は、一族内で最大の魔力量を保有する者が後継となる決まりだ。

ノルトも生まれた時から膨大な魔力を有していて、幼少より魔法学を学び、魔力を制御する方法を当時この国で一番力のある魔法剣士に教わった。

幼い頃から自己研鑽《けんさん》を積んだお陰か、十五歳で三属性同時展開を成し遂げ、昨年二十一歳の時には五元素魔法を操る偉業を成し遂げている。

全ての元素魔法に目覚めた昨年、彼は過去誰も成し得た事がない四属性同時展開を成功させた。

その事は社交界でも大きな話題になり、ミリアベルも鮮明に覚えている。

見目麗しく、家柄も公爵家の嫡男。

その枠に留まらず元素魔法の四属性同時展開を成し遂げ、エリート集団である王立魔道士団の団長に上り詰めた、最早偉人と言える人物が自分の家にいるなんて、現実感が湧かない。

なぜそんな伝説級の人物が自分の目の前にいるのだろうか。

ミリアベルは、伯爵邸の客室でソファに腰を下ろしているノルトをちらりと見る。

すると、視線に気付いたノルトが微笑みながら首を傾げて、慌てて「し、失礼いたしました！」と視線を逸らす。

「――――？　ミリアベル、それにティシナ。スティシアーノ卿は国王陛下の勅命《ちょくめい》により、ミリアベルに魔力制御の訓練をしてくださるのだ」

「魔力、制御……ですか？」

ミリアベルは聞き慣れない言葉に不思議そうな表情を浮かべる。

ノルトが、ミリアベルに説明するために口を開いた。

「本日、フィオネスタ伯爵からミリアベル・フィオネスタ嬢が光・聖魔法を発動したという報告があった。その後直ぐに陛下から光・聖魔法の途中覚醒者を保護するようにと命がくだされたんだ。光・聖魔法の途中覚醒者は魔力暴走を起こしやすい。暴走を他国に知られたり、反王政派の貴族に知られたりしたら君の身が危険だからね」

「魔力暴走……⁉」

「そんなに怖がらなくて大丈夫だ。それを起こさせないために、私が来た。これからは学院ではなく、私から魔法制御を学べばいい」

「え――っ」

先ほどから聞き慣れない言葉が次から次へと出てきて、ミリアベルは素っ頓狂な声を上げた。

魔力暴走も、魔力制御も、初耳である。

光・聖魔法の途中覚醒者は魔力暴走を起こしやすいなんて全く知らなかった。

学院の教材にもそんなことは記載されておらず、ミリアベルは昨日治癒魔法を何度も発動した事を思い出し、ゾッとする。

それに、学院に通う必要がない？

そうすると学院の卒業資格を得られず、将来困るのではないか。

不安そうな表情を見せるミリアベルを安心させるように、ノルトは言葉を続ける。

「そもそも光・聖魔法の使用者には国から特別な待遇と、身分が与えられる。国内でもこの魔法の使用者は五十名もいないから、身柄の安全は保証されるし、まあ、その……戦地への同行の際も命に危険が及ばないように護られるから心配はいらない」

「そ、それならば、なぜ今奇跡の乙女は学院に通っているのですか？」

「奇跡の乙女？　――ああ、あれか。フローラモ子爵家の末っ子の令嬢だな。彼女は幼少期の適性確認で光・聖魔法の属性が判明していて、暴走の恐れはないからだ。学院に通うよりも魔法制御を優先するのは、途中覚醒者のみだよ。魔力暴走を起こす可能性があるため、魔力の制御の仕方と発動の仕組みを学ばないといけない」

「――そう、だったのですね……」

だから、奇跡の乙女であるティアラは学院に通えているのか。

ミリアベルは納得してぽつりと言葉を零《こぼ》した。

だが、ティシナは先ほどノルトが口にした言葉が引っ掛かったのだろう。

心配そうに眉を下げてノルトに尋ねる。

「あの、スティシアーノ卿……よろしいでしょうか？」

「――？　ええ、どうぞ」

ティシナが恐る恐る、といった様子でノルトに話しかけると、ノルトは笑顔を浮かべたまま頷いた。

「ありがとうございます。……その、先ほどスティシアーノ卿は戦地と仰いましたが……それはいったい……？」

ティシナは不安そうに、隣に座っているミリアベルの手をきゅう、と握る。

ミリアベルは今までそのような荒事とは無縁の場所で暮らしてきた。

それが、光・聖魔法が途中覚醒したからと言って、いきなり戦地に行かされるのか。

心の準備など全くできていない状況でそのような場所に連れ出されたら、何か起きた時に取り返しのつかない事になるのでは、とティシナは不安になったのだ。

「その件に関しては順を追って説明しましょうか、……フィオネスタ伯爵夫人。──伯爵も、よろしいか？」

「ええ、お願いいたします。スティシアーノ卿」

リバードはこくりと頷き、ノルトは姿勢を正して口を開いた。

「先ほどお話した通り……ミリアベル嬢の保護と、魔力制御に関しましては私が付きっきりでお教えいたしますので心配には及びません。そのため、今後は学院で学ぶ必要はございません。魔法学は私が、通常のマナーや教養に関しては公爵家の講師が担当いたしますので、学院に通うのと同じ水準の学びをお約束します」

ノルトの言葉に、ティシナはこくこく、と頷く。

「そして……魔力制御を問題なく行えるようになった後は恐らく……近い内に討伐任務へ同行していただく事となります」

「――えっ！」

ティシナはぎょっとしたような声を上げて、真っ青になった。

なぜうちの娘が、とカタカタと震えている。

「それが……先ほど仰っていた戦地への同行、という事なのでしょうか……そのような場所にミリアベルが参加して……大丈夫なのでしょうか」

「――伯爵夫人、ご安心ください。治癒魔法の使い手は決して前線に出る事はなく、魔物や魔獣の害の及ばない場所で治癒魔法を使用していただきます」

「そ、それでも……絶対に安全、という訳ではございませんよね……？」

ティシナは心配そうにミリアベルを見る。

――母親としては至って普通の感覚だ。

戦地や、争いに無縁な環境で育ってきた貴族の令嬢がいきなり討伐隊に同行するなんて。

しかも、魔力制御を覚えたら近い内に。

そこまで現地は切羽詰まった状況なのだろうか。

「あなた……あなたは聞いていたのですか……？」

「――ああ……本日、陛下と謁見した際に討伐に同行する件は聞いている……」

「ミリアベルが……討伐に……」

顔色を悪くしたティシナを心配し、リバードがそっと支える。

「確実に安全です、と嘘をお伝えする訳にはいきませんが、ミリアベル嬢は私が指揮をする王立魔道士団と行動を共にしていただく予定です。常に私が側におりますのでご安心ください。傷一つ付けないとお約束しましょう」

ノルトが常にミリアベルの側にいてくれる。

その言葉を聞いて、ミリアベルの両親は安堵の息を零《こぼ》す。

この国の最強の魔道士であり、騎士でもあるノルトが側にいてくれるなら、ミリアベルの身の安全は確保されたも同然である。

「──陛下は、近々異常事態を宣言いたします。それまでに、ミリアベル嬢には魔力制御を覚えていただきたい。急ではございますが、本日より我が公爵邸に移り、私と魔力制御の修練に励んでほしいのです。──そのために、ご家族への説明と、許可を頂戴しに参りました」

ティシナはとうとう思考の限界が訪れたようだ。

ふらり、と体を揺らめかせると、そのまま力なくリバードの胸元に倒れ込んでしまった。

「──ティシナ！」

「お母様！」

母の様子を心配しつつも、ミリアベルはいっそのこと自分も気を失ってしまいたかった。

　ティシナを部屋へ運ぶから、とリバードが客間から出て行ってしまった。

　室内にはミリアベルとノルトの二人きりだ。

「あの……スティシアーノ卿。申し訳ございません、わざわざ足を運んでいただいたのに……」

「いやいや、気にしないでくれ。短時間で色々な事を聞かされ、夫人も混乱なさったのだろう」

「ありがとうございます」

　ミリアベルは「そう言えば」と今更ながら気付く。

　思い返してみれば、自分はノルトに挨拶をしていないのでは、と。

　ミリアベルは大慌てでソファから立ち上がる。突然のミリアベルの動きにノルトはキョトン、と目を丸くした。

「ご挨拶が遅くなってしまい大変申し訳ございません……スティシアーノ卿！　ミリアベル・フィオネスタと申します。すぐにご挨拶をお返しできなかった無礼をお許しください……っ」

　深く頭を下げようとするミリアベルをノルトは手で制す。

「頭を下げる必要はない。突然、光・聖魔法の途中覚醒者だと言われて混乱しているだろうに、さらに討伐に同行しろ、とまで言われたんだ。伯爵夫人の動揺はもっともだし、フィオネスタ嬢も混乱しているだろう」

「——いえ……。治癒魔法の使用者は討伐に同行し、戦闘で傷付いた騎士の方たちを治癒する、というのはこの国の国民でしたら誰でも知っている事ですもの。私も、貴族の家に生まれたからには、討伐に同行する事は領民を守る貴族の責務だと重々承知しておりますわ」

きゅっ、と唇を噛み締め、覚悟を決めたかのようなミリアベルを見て、ノルトは眩しそうに目を細めた。

「ありがとう。貴女は強いな、フィオネスタ嬢。そう言ってもらえると心強いよ」

昨日から人の悪意に晒《さら》され続けていたミリアベルは、気遣いのこもった暖かい気持ちに、じわりと涙が滲《にじ》んだ。

「こちらこそ……しばらくご迷惑をお掛けしますが、どうぞよろしくお願いいたします、スティシアーノ卿」

「ああ、一緒に制御訓練を頑張ろうか」

その後、ミリアベルとノルトは世間話をしながらリバードを待つ。

「そう言えば、フィオネスタ嬢の簡単な経歴を確認したのだが、フィオネスタ嬢は五元素魔法の内、火と水も発動出来るんだな？」

「は、はい！　火と水ですと水魔法の方が相性がいいようで、発動までの時間も短いです」

「――そうか、それは使い勝手が良さそうだな……。ああ、フィオネスタ嬢には確か婚約者がいるだろう？　その方にもしばらくスティシアーノ公爵家に滞在する事を伝えておいたほうがいい」

「っ、そう……ですね……」

「……？」

ノルトが「婚約者」と言った瞬間、ミリアベルの表情が曇った。

その違和感にノルトは首を傾げる。

先ほどまではにこやかに話していたのに。

――何だ？　この違和感は……経歴書には婚約者との仲は良好、と記載されていたが……

ノルトが首を捻《ひね》っていると、客間の扉の向こうから、急いでいる足音が聞こえて来た。

「――お、お待たせいたしました……！」

リバードが慌てた様子で入室してきて、ノルトに頭を下げる。

ノルトはミリアベルの事を一旦頭の隅に追いやると、リバードに向き直った。

「ご夫人は大丈夫でしたか？」

「ええ、ありがとうございます。……ミリアベルが討伐に同行をするという事を妻は初めて聞きましたので取り乱してしまったようで……今は落ち着いて眠っておりますので、お気になさらず」

落ち着いていると聞き、ミリアベルもほっと息を吐く。

「陛下には異常事態発生時には協力してもらうという事は聞いていたのですが……。本日から、スティシアーノ公爵邸に娘がお邪魔するというのは突然のお話でしたけれど、スティシアーノ卿は大丈夫でしょうか？」

「ええ。私の方は問題ございません。家の者にも知らせを送っていますので、ミリアベル嬢を迎える準備はできておりますよ」

ノルトは何の問題もない、と微笑む。

リバードはぐっと唇を噛むと頭を下げた。

「――娘が……危険な目に遭わぬよう……、厳しく指導してやってください」

「ええ、お任せください。……それに、ご令嬢は私がお守りいたしますのでご安心を」

リバードがノルトを見つめながらそう言うと、ノルトはしっかりと彼と目を合わせて頷く。

ミリアベルをここまで厚待遇で迎えてくれるのはありがたい事である。

手筈を整えるのも大変だったであろう。

ノルトの真っ直ぐな言葉に、ミリアベルはびくりと肩を震わせた。

仕事だから守ると言ってくれただけで、他意はないとわかっているが少し恥ずかしい。

リバードは目礼すると、ミリアベルに視線を移す。

ミリアベルは父の真剣な眼差しにはっとした。

「――ミリアベル……、スティシアーノ卿がお話した通りだ……。近々陛下から正式に異常事態が宣言されるだろうが、お前に怪我をしてほしくない。しっかりと、スティシアーノ卿に魔力制御を教えてもらいなさい」

「――かしこまりましたわ、お父様」

家族と離れて暮らすのはいささか寂しいが、これも貴族の家に生まれた者の務めだ。

国民からの税収で貴族の生活は成り立っている。

その国民が命の危険に曝されるような事が起きたら、力のある者は相応の働きで国民を守る。

リバードも、これから忙しくなるだろう。

この領地を任されている以上、領民や国民を守らねばならない。

ある程度話がまとまった所で、ノルトが自分の懐から魔石の付いた手のひらサイズの置物のような物を取り出し、テーブルの上にコトリと置く。

「ミリアベル嬢の生活に必要な物はこの魔道具で転移してください。公爵家とこの転移用の魔道具は繋がっていまして、生き物以外でしたら送ることができます」

ノルトはここまで説明すると、ああそれと、と言葉を付け足した。

「この魔道具には人に害をもたらすものを弾く魔術式が組み込まれているので、取り扱いを気にする必要はございません。万が一紛失して、悪意を持つ者の手に渡ったとしてもフィオネスタ伯爵家の者以外には発動させる事はできませんので、神経質になっていただかなくても大丈夫です」

「――何から何まで……ご配慮いただきありがとうございます」

「いえ、大事なご令嬢をお預かりするのです。当然の事ですのでお気になさらず」

そこまで話すと、ノルトはミリアベルに視線を移す。

「――では、ミリアベル嬢。そろそろ行きましょう。あちらに着いたら早速魔力制御について学んでいただきますよ」

「はいっ！　よろしくお願いいたします！」

ノルトはがばり、と頭を下げるミリアベルにびっくりしたように目を見開く。そして「こちらこそ」と言って優しく微笑んだ。

ノルトが腰を上げると、リバードもゆっくり腰を上げる。

ミリアベルも慌てて立ち上がり、ノルトに続いた。

客間から出ると、弟のラッセルに後ろから呼び掛けられた。

「？　なあに、ラッセル」

「――姉様、無理しないでね」

ラッセルはぎゅう、とミリアベルの手を握りながら気遣ってくれる。

ミリアベルは嬉しさを滲《にじ》ませて微笑むと、「もちろんよ」と答えた。

「少しの間、私がいない間。お父様とお母様をお願いね。お母様の目が覚めたらよろしく伝えておいて」

「――はい」

「ティシナには私からもしっかりと話しておくから、ミリアベルは安心して制御に集中しなさい」

「ありがとうございます、お父様。では、行って参ります……！」

ミリアベルは一度ラッセルを安心させるようにぎゅう、と抱き締めた。リバードには笑顔を返す。玄関まで見送りに出てくれたリバードとラッセルにミリアベルは手を振り、ノルトは深々と頭を下げる。

そして二人は公爵家が寄越した馬車に向かって歩き出した。

ミリアベルはノルトをそっと盗み見る。

昨日から様々な事が起きて、頭が混乱している。

このままノルトについて行って、学院に行かなくて済むのならばそれはとてもありがたい。

魔力制御を学んで、討伐に同行して、と忙しく過ごしていたら、辛い事や嫌な事を考える時間はないだろう。

ノルトが、ふとミリアベルの方に顔を向ける。

気付かれていたのか、とビクリと震えるミリアベルにノルトは微笑んだ。

「フィオネスタ嬢。色々な事が起こってきっと混乱していると思うが……。魔力制御ができるようになったら、討伐の前に一度家に戻れるように手配しよう」

「ありがとうございます！」

ミリアベルはぱあっと表情を明るくする。

表情を綻ばせたミリアベルを先に馬車に乗せ、ノルトは表情を引き締めると馬車の脇に控えていた王立魔道士団の副団長の下へ向かう。

「――カーティス」

「ノルト。俺も忙しいんだから、ほいほい呼び出すなよなぁ」

カーティスと呼ばれた男は王立魔道士団の副団長を務めており、ノルトとは幼なじみだ。

侯爵家の次男で二歳年上のカーティスは、ノルトの友人であり、兄のような存在でもある。

気心の知れた仲のため、ノルトにはよく今回のように無理難題を押し付けられるが、いつも何だかんだ言いつつもこなしてしまう。

「今回はどんな無茶を俺にさせるつもりだ？」

カーティスは呆れたような目でノルトを見て、後頭部をガリガリとかいている。そのままちらり、と馬車の方に視線を移した。

「ああ――、学院を少々調べて欲しい。何だか妙な事が起きているような気がしてな……。奇跡の乙女が絡んでいる以上、ある程度予測できるが、信仰……いや、もはやそのレベルを越えている可能性がある。崇拝まで行っていたら厄介だ。ここ一年の学院の様子と、……ついでにベスタ・アランドワ。そして奇跡の乙女の実家、フローラモ子爵家を調べてくれ」

「アランドワ？　あの侯爵家のか？」

「ああ。のめり込んでいる内の一人だろう……気のせいであればいいが、厄介な事に首を突っ込んでいないか確認してくれ」

ノルトは、ミリアベルの婚約者であるベスタ・アランドワの名前を思い浮かべる。

ミリアベルとの間に何かあった事はミリアベルの態度を見ていれば明白だ。それを確認して、接し方を考えなければ、とノルトは考えた。

「――りょーかい、団長」

「頼んだ。俺はしばらく公爵邸にいるからよろしく」

「……は？　おいっ！　魔道士団は⁉　どうすんだ！」

ノルトはカーティスとの会話を打ち切ると、素早く馬車に乗り込み御者へ出発するように伝える。

窓からカーティスを流し見ると、頭を抱えているようだが、彼に頼んでおけば万事上手く行くだろう。

調べ物はカーティスに頼み、自分は目の前の少女の魔力制御に集中しなければいけない。

フィオネスタ伯爵から聞いた話を、ノルトは今一度思い出す。

治癒魔法は問題なく発動できたのに、体力や精神力の回復はどうやってもできなかった、と言っていた。

国王や伯爵は不思議そうにしていたが、恐らくミリアベルは魔力の発動方法を間違えているのだろう。

治癒魔法が使えているのにそちらが発動できない事はない。

自分には適性がないため光・聖属性の魔法を発動する事はできないが、魔法の発動方法や法則はどれも同じだ。

——ただ一つを除いて。

ノルトはその可能性に行き着いて、これはしばらく秘匿《ひとく》しておかなければいけないな、と頭を悩ませた。

まあ、多分教会にはバレるだろうが……

正面に座るミリアベルを見ると、体に力が入っているようだ。

ノルトは安心させるように再度微笑みかけた。

「そんなに緊張しなくて大丈夫だ。これから行くのは公爵家の本邸ではなく、私個人の別邸だから本邸の人間は居ないし、使用人も最低限の人数しかいない。気兼ねなく過ごしてほしい」

「別邸、ですかっ？」

ミリアベルがぎょっとしたような声を出す。

「ああ、私は仕事柄帰宅時間がまちまちになるから、公爵邸の敷地内に別邸を建てたんだ。そこなら深夜に帰宅しようが本邸の大勢の使用人に迷惑は掛からないだろう？　それに、今回は仕事の都合で来ただけだから、君が本邸に挨拶に行く必要はない」

「え、ご挨拶しなくてもよろしいのでしょうか？」

戸惑いながら聞くミリアベルに、ノルトは大丈夫だ、と頷く。

むしろ、下手に本邸に挨拶に行ったら、自分との関係を誤解されそうだ。

両親が変に騒ぎ立て、喜び暴れる事になるのは避けたい。

「ああ。今回は短期間だから気にしなくてもいいよ」

ノルトはにっこりと綺麗に微笑むと、もうこの話は終わりだとでも言うように別邸の使用人の数と、役割を説明し始めた。


話をしているうちに、公爵家の別邸に到着した。

馬車から降りたミリアベルが目にしたのは、別邸とは言えかなりの大きさを誇る立派な邸だ。

「こ、ここが別邸なのですか？　スティシアーノ卿」

ミリアベルは怖々とノルトを見上げる。

ミリアベルの震えた声に何を誤解したのか、ノルトは少しだけ眉を下げ、申し訳なさそうな表情で謝った。

「ああ、手狭で不便だろうが……申し訳ないが我慢してくれ」

「手狭なんてとんでもないですっ！　男爵家や子爵家の本邸程の広さですっ」

「……そうか？　フィオネスタ嬢が不便を感じないのであればいいのだが。そうしたら、一旦中に入って早速魔力制御について説明しようか」

そうして別宅の玄関へ案内される。

扉を開けると、大きな玄関ホールが現れた。そこにはメイドや使用人が両側にずらりと並んでいる。

ミリアベルは伯爵邸とは比べ物にならない程の使用人の数に驚き、固まってしまった。

「お帰りなさいませ、ノルト様。そちらのご令嬢がご連絡を受けたフィオネスタ伯爵令嬢ですか？」

「ああ、彼女を部屋に案内してくれ。……フィオネスタ嬢、部屋についたら手荷物を置いて、応接室に来て欲しい」

「わかりました……っ！」

この別宅の使用人代表だろうか、四十代程の男性がノルトに挨拶をした後、優しい笑みを浮かべてミリアベルに向き直る。

ノルトは服装を緩めているので、自室に向かうのだろう。玄関ホールから繋がる大階段へ歩いて行く。

その後ろ姿をぼーっと見ていると、ミリアベルの近くにいたメイドが数人、ミリアベルに微笑む。

「それでは、フィオネスタ伯爵令嬢。ご案内いたしますのでこちらへどうぞ」

「よ、よろしくお願いします」

ミリアベルはドギマギしながら頭を下げ、メイドについて行った。

◇◆◇

場所は変わって、学院。

ノルトから指示を受けたカーティスは、早速学院を訪れていた。

国が管理する施設には、必ず映像記録用の魔道具が設置されている。

争い事や、生徒の不祥事に外部が介入する場合はこの映像記録を確認する事ができるのだが、おいそれと誰でも見られる訳ではない。

不正に複製や改竄《かいざん》、証拠隠滅などをされないように管理されている。

この魔道具を確認および映像の複製などができる権限を持つ者は王族、王立魔道士団の団長、魔法騎士団団長、宰相に、筆頭政務官等だ。

カーティスはノルトから預かった許可証を服の上から押さえると、学院長室の扉をノックした。

「どうぞ」

扉の奥から老齢の男性の声が聞こえる。

カーティスは、背筋をピンと伸ばすと「失礼いたします」と声を上げてから扉を開けた。

これから映像を入手し、直ぐにノルトに送らなければならない。

カーティスは緊張した面持ちで学院長室に足を踏み入れたのであった。

◇◆◇

ノルトが自室で着替えをしていると、空間転移の魔道具が作動する。

「――ああ、もう来たか」

口端を持ち上げると、魔道具へ近づき、良く知った男の魔力で送られてくる物体を腕を組んで眺める。

魔道具がぱあっと光を放ち、次いでコロコロと複数の物体が転送されて来た。

ノルトはその内の一つをひょいと拾うと、自分の魔力を注ぎ込む。

映像記録の魔道具が起動し、目の前に映像が映し出された。

「ちゃんと複製してもらえたんだな」

ノルトは映像を確認すると、同時に送られて来た映像記録の魔道具を拾い、政務机に置いて着替えを再開した。

最優先はミリアベルの魔力制御である。

ノルトはこれからの事を考えながら着替えを終えると、自分の部屋を後にした。

ノルトが応接室へ移動してしばし。

ぱたぱた、と軽い足音が急ぐように近付いてくるのがわかり、ノルトは口元を笑みに変えた。読んでいた書類をぱさりとテーブルの上に伏せて置く。

「スティシアーノ卿、遅れてしまい申し訳ございません！」

「――フィオネスタ嬢」

書類を置いた次の瞬間、ミリアベルが慌てたように応接室に入ってきた。

ノルトは顔を上げてソファから立ち上がると、ミリアベルにソファに座るように促した。自分もミリアベルの向かいのソファに腰を下ろす。

――まさか、フィオネスタ嬢に二属性同時展開が可能だったとはな。

ノルトが読んでいたのは、事前に渡されていたミリアベルの調査票だ。

戦闘に特化した火属性と水属性の魔法を使える事は知っていたが、まさか二属性の同時展開まで可能だとは思わなかった。

また、保有魔力量も豊富で、なぜこんなにも優れた人物が知られていなかったのか、と不思議に思う。

魔道士としてはとても優秀な部類だろう。あのまま学院を卒業していたら、魔法騎士団への入団も容易なくらいに。

このまま侯爵家の嫡男と婚姻をしていたらその道はなかっただろうが、臨時でもいいから喉《のど》から手が出る程欲しい人材だ。

ノルトがそう考えるまでに、目の前のミリアベル・フィオネスタという少女はとてつもない魔力と、センスを有している。

「後は、やはり魔力制御と構築だな」

「――？　スティシアーノ卿？」

ノルトは自然と溢れ出た言葉にはっとすると、ごまかすように本題に入る。

「いや、何でもない。さて、魔力制御について説明しようか」

「はいっ、よろしくお願いします」

ミリアベルはぴんっと背筋を伸ばすと、ノルトとしっかり視線を合わせる。

「――ふ、フィオネスタ嬢はとても礼儀正しいな……さて、では今回君が途中覚醒した光・聖属性魔法を説明する」

ノルトは、何枚かの書類をテーブルに置くと、その内の一枚を指差す。

「フィオネスタ嬢も知っての通り、光・聖属性魔法は通常の五元素魔法と発動の仕方が違う。……それが、ここに記載されている。通常の五元素は体内の魔力を自分の適性属性に変換して放つが、光と聖は体内の魔力を変換した後、さらに詳細に術式を構築しているな？」

「は、はい。治癒魔法に必要な術式、体力回復や精神力回復の術式を構築してから発動しています……」

「――うん、光・聖の両方は術式構築に繊細なコントロールが必要だから、一つでも構築式が違ったら発動しない、で合っているな？」

「はい、そうです。ですので治癒魔法は問題なく使用できたのですが、体力と精神力回復の術式構築が間違っているのか……それだけが何度試してもできなくて……」

ミリアベルがじっと見つめる「光魔法」の資料の上に、ノルトがもう一枚の資料を被せる。

「上手く発動できないのは、光魔法を構築していたからでは？ 適性がなければ、光魔法の術式をいくら構築しようとも発動しない。――ならば、聖属性ではないか？」

「――え……？」

聖属性魔法。

それは光属性魔法よりも上位の魔法だ。

治癒魔法に関しては光属性も聖属性も魔術構築式が同じであるため、当人も気付いていなかったようだが、光魔法が発動しないのであれば残るは一つだけだ。

聖属性を発動できる者は光属性よりもさらに限られるため、思い至らないのも無理はない。

聖属性の使い手は国内に十名いるかいないか程度である。

その内の一人にあのティアラ・フローラモが含まれるのだが、彼女にできるのは聖属性魔法単体の使用のみ。

ミリアベルのように他の属性を展開したり、二属性同時展開はできない。

使い手がほとんどいないため、昔から光・聖属性魔法と一緒くたにされているが、光魔法と聖魔法は別物だ。

「ミリアベル・フィオネスタ嬢。君はおそらく聖属性魔法の途中覚醒者だよ」

「私、が……聖属性魔法の使用者、ですか……？」

信じられないと言うようにミリアベルは目を瞬かせた。

ぽかんと口を開けたミリアベルに苦笑すると、ノルトは続けた。

「ああ。試しに、――そうだな。聖属性の術構築を組んで魔術返しの魔法を自分に発動してくれないか？」

ノルトが資料をテーブルの上にどさりと載せると、ミリアベルが驚愕の表情を浮かべる。

「スティシアーノ卿……っ、こ、これ、禁書って書かれてます……っ！」

「うん？　ああ、そうだな。だが、効率良く聖属性魔法を習得するにはこれ以上に適した資料はないだろう。陛下に許可を取っているから大丈夫だ」

なんて事ない、とでも言うように朗らかに笑うノルトに、ミリアベルは頭が痛くなってくる。

禁書をほいほいと持ち出し、こんな小娘に見せていいのだろうか。

不安に駆られたが、それ程の事をしないと聖属性魔法は扱えないのだろう。

ミリアベルは恐る恐る禁書を手に取ると、「ここだ」とノルトに示されたページを確認する。

「――私には聖属性の適性がないから構築式は読めないし、理解もできないのだが、君にはわかるんだろう？」

「は、はい。なぜかわかります……」

これが、適性がある、という事なのだろうか。

五元素魔法の場合は、使えない属性であっても構築式が読めない事などない。

やはりこれも、光・聖魔法が特殊だからだろうか。そもそも適性がないとまったく理解できないらしい。

ミリアベルは魔術返しの術式が記載されている場所を確認する。

「――ぁ、」

目にした途端、その術式がするりと頭の中に入り、意味がすんなりと飲み込める。

ノルトは目をぱちくりと瞬かせているミリアベルを見つめながら「もう理解したか」と密かに胸中で感嘆の声を上げた。

いくら禁書であったとしても、普通は見ただけで簡単に魔法構築の理解などできない。

では、なぜこの少女は聖属性魔法の理解と吸収がこんなにも早いのだろうか。

――きっと、彼女が聖属性魔法の最適解者だからだろうな。

ノルトは聖魔法を発動しようとしているミリアベルを見ながら目を細める。

これ程の逸材ならば、やはりうちの王立魔道士団にほしいな……

「スティシアーノ卿……っ！　で、できました！」

「――ん、ああ」

ミリアベルがぱっと顔を上げる。

「発動して、自分に掛けたのですが……たぶん、上手く掛かっていると思います……」

「そうか、魔術返しは見た目にはわからないからな……。これから私が君に魔法を放つから、それが上手く返されたら成功だ」

「――えっ、スティシアーノ卿の魔法ですか⁉」

天才と名高い魔道士団長の魔法を受けるなんて。

ぎょっと目を見開いたミリアベルは、無意識にノルトから距離を取ろうとする。

ノルトは苦笑すると、手を上げてミリアベルを制した。

「そんなに怖がらなくていい、大した魔法は使わないから……。うん、そうだな……小さく下級水魔法を放とうか。君の手の甲に水を掛ける、でどうだろう。魔術返しが掛かっていなかったとしても、これなら手の甲が少し濡れる程度で済むだろう？」

宥めるようにノルトが微笑み、ミリアベルもそれだったら、と浮かしかけていた腰を再び下ろした。

テーブルの上の資料を一旦退かして、手をテーブルに乗せる。

「よし、では行くぞ」

「はいっ」

ノルトが小さい水の玉を指先に生み出すと、ぺいっとミリアベルの手の甲に放った。

水の玉は、ミリアベルの手に当たる寸前に、ピタリと停止してからノルトの方へ戻ってくる。

放った時よりもいささか速い速度で戻ってくる水の玉に、ノルトは「へぇ」と面白そうな声を出す。そのまま、水の玉を握り込んだ。

ぱしゃんという音と共にノルトの手の中で水の玉が潰れ、ノルトの手を濡らす。

「無事、魔術返しを発動できたみたいだな」

ノルトは濡れた手のひらを風魔法で乾かすと、口端を持ち上げる。

「本当ですか、良かったです――！」

嬉しそうに笑うミリアベルに、ノルトは彼女の魔術返しの完璧さを説明しようとして、止めた。

まだ聖魔法を完璧に理解していないミリアベルに説明しても、混乱させるだけだろう。

魔法を防ぐだけでなく、威力を増幅させて弾き返す今の完璧な魔術返しは奇跡の乙女ですら発動は不可能だ。

ミリアベルがどれだけの聖魔法をこの短い期間で習得できるのか、ノルトはだんだんわくわくしてきた。

だが……これ程の聖魔法の使い手か……、魔の者に目を付けられなければいいがな。

ノルトはふと過《よぎ》った嫌な予感を振り払う様に頭を横に振ると、禁書に記載されている術式をどんどんミリアベルに覚えさせていった。

あれからどれくらい時間が経ったのだろうか。

訓練中にメイドが持ってきたカップの中の紅茶はとっくに冷め切っている。

ノルトは慌ててミリアベルに声をかけた。

「フィオネスタ嬢、ここまでにしておこうか。お疲れ様」

「は、はい……っ」

ミリアベルはぜいぜいと肩で息をしながら必死に呼吸を整える。

中級の聖魔法を連続して発動するのは、魔力以外に体力も集中力も消耗する。

まるで乾いたスポンジのように吸収するミリアベルにノルトは楽しくなって、どんどんと色んな魔法を覚えさせてしまった。

「申し訳ない、フィオネスタ嬢。貴女の覚えがいいばかりに詰め込み過ぎてしまったな、少し休憩にしようか」

苦笑したノルトは、扉の向こうに声をかける。

ノルトの声にすぐさまメイドが反応し、「失礼いたします」という声と共に応接室に入ってきた。

ノルトは新しいお茶の準備をするように、とメイドに告げる。

「フィオネスタ嬢、私は少し用があるので席を外す。直ぐに戻るから、ここで待っていてほしい」

「あ、はい！　わかりました」

こくりと頷くミリアベルに微笑んで部屋を出ると、ノルトはすぅっと無表情になる。

ノルトは、カーティスから送られてきた映像記録の複製を取りに自室へ向かう。

先ほどノルトは映像を確認し、学院での出来事を見てしまったのだ。

だからこそ、ミリアベルの魔法制御訓練の前に手紙を認《したた》めておいた。

その手紙と、抜き出した映像を転写した書類。

これらを送らなければならない。

ノルトは足早に自室へ戻ったのだった。

◇◆◇

ミリアベルはノルトを見送った後、再び手のひらに視線を落として聖魔法を発動するための魔力を練り上げる。

ノルトは「休憩にしよう」と言っていたが、恐らく彼は抱えている仕事を全て後回しにして制御訓練の時間を作ってくれているはずだ。

王立魔道士団の団長としての仕事だけでなく、スティシアーノ公爵家の嫡男としてもきっとやるべき事があり、忙しいだろう。

それなのに、自分がノルトの時間を消費し続けるのは申し訳ない。

ミリアベルはノルトの手を煩わせないように早く聖魔法を習得しようと、魔力の制御に集中した。

◇◆◇

しばらくしてノルトが応接室へ戻ってくると、ミリアベルは一人で勉強を進めているらしく、ノルトが用意した資料を読み込んでいる。

――真っ直ぐな性格で、素直で……そして真面目だ。

突然途中覚醒者だと告げられ、家を離れて半強制的に制御訓練に移ったというのに、泣き言も恨み言も口にせず、真剣に魔力制御に取り組んでいる。

ノルトは、ミリアベルをとても好ましい女性だと思った。

突然家族から引き離されて心細いだろうに。必死に学び、そして討伐同行の恐怖にも打ち勝とうとしている。

心根まで強く、真っ直ぐだ。

……聖属性魔法の使用者が皆フィオネスタ嬢のような心の持ち主だったらどんなに良かったか。

「――スティシアーノ卿？」

「……っ、ああ、すまない。私が席を外している間も勉強を？」

ノルトは無意識の内にミリアベルをじっと見つめていた。

視線に気付いたミリアベルが不思議そうな表情でノルトを見上げる。

はっとしたノルトは取り繕うように微笑みを浮かべ、ミリアベルに問いかけた。

ミリアベルは頷いて答える。

「――はい、折角スティシアーノ卿がご用意くださった資料ですもの。少しの時間も無駄にできませんから！」

「ふふ、頑張ってくれるのは嬉しいが、あまり根を詰め過ぎないように。そうだ、小さいが、この別邸にも庭園があるから一度気分転換に外に出ようか？」

真面目で、素直に取り組むのはいい事だが、何事もやり過ぎは良くない。

ノルトは休憩がてら庭園を案内しよう、とそっとミリアベルに手を差し出す。

「へ？　え……？」

差し出された手のひらとノルトの顔を交互に見て、ミリアベルが元々大きな目をさらに見開く。

その愛嬌のある表情にノルトは「ふはっ」と笑い声を上げた。宙に浮いたミリアベルの手を掬《すく》いとると、扉の方へ歩いて行く。

「スティシアーノ卿!?」

「庭園で、実技でもしようか。部屋に籠《こも》って文字ばかり見ているのは辛いだろう？」

笑顔でそう提案するノルトに、断る理由もないミリアベルは、そのまま手を引かれて庭園まで向かった。

「――わぁ……っ！」

庭園に着くと、ミリアベルは嬉しそうに歓声を上げる。

小さな庭園、とノルトは言っていたが、公爵家の広大な敷地に建てられた別邸である。

男爵家や子爵家程はある別邸の庭園はやはり見事で、ミリアベルは「うちの庭園より立派ではないか」と思ってしまった。

色彩豊かな花壇の数々に心が躍る。

薔薇の可愛らしいアーチの奥にはこぢんまりとしたガゼボが見えるその手前には小さな川があり橋もかかっていた。

ノルトは、キラキラと瞳を輝かせるミリアベルに満足そうに微笑む。

「――、私はこの邸に滞在する時間がなくてね。昼間に庭園に来るのはほとんど初めてなんだが……見事な物だな。……君は自由に出入りして構わないから、好きに散策してくれ」

「ありがとうございます！　スティシアーノ卿！」

嬉しそうにお礼を言うミリアベルに、ノルトは自然と笑顔になる。

ミリアベルは辛い気持ちなど微塵も感じさせず、笑っている。そんな彼女にノルトは感心していた。

本当に芯が強く、しっかりとした女性だ。そして、笑顔もとても愛らしく可愛らしい。

……妹がいたら、こんな感じなのだろうか？

ノルトは、眩しそうにミリアベルの笑顔を目を細めて見つめる。小川の先にあるガゼボへ向かおうと、足を踏み出した。

「足元、気を付けてくれ」

「はい、ありがとうございます」

ノルトは、小さな橋を渡りながらミリアベルに声をかける。

ととと、とついてくるミリアベルの様子が微笑ましい。表情を緩めたまま、ガゼボのベンチに腰を下ろす。

小川のそばで花壇の花を楽しそうに見ているミリアベルに、ノルトは「そうだ」と話しかけた。

「そう言えばフィオネスタ嬢は、火と水の二属性同時展開が可能だと資料で読んだのだが、合っているか？」

「――？　ええ、仰る通りです。流石に高位魔法の同時展開はできませんが、中位魔法程度でしたら同時展開は可能です」

何でもない事のように言うミリアベルに、ノルトはふむ、と自分の考えを伝える。

「聖魔法と水魔法はとても相性がいいらしいんだ。もしかすると、同時展開や効果を増幅する事ができるかもしれないな……」

「え、そうなのですか⁉」

知らなかったです、と目を瞬かせるミリアベルにノルトは頷く。

「ああ、水というのは触媒としてとても優れていて、聖属性である治癒魔法の効果を増幅する可能性がある。……あくまでこれは私の考えに過ぎないのだが。もし増幅できるとしたら、治癒魔法発動時にとても効率的に魔法を掛けられるだろう？」

そもそも二属性同時展開ができる者でないと話にならないのだが、既にミリアベルは火と水の同時展開に成功している。

今回新たに覚醒した聖魔法も、水魔法と同時展開できるのではないかと考えたのだ。

ノルトが考えるように、もし水と聖魔法の同時展開ができるのであれば、益々ミリアベルの稀少性は高まる。

そうすれば、ミリアベルが侯爵家との諍《いさか》いで不利益を被る事はないだろう。

ノルトは自分の懐からごそごそと何かを取り出すと、ミリアベルには見せないようにして声をかける。

「フィオネスタ嬢……実践してみよう。これから、少し血を流すが狼狽《うろた》えないように」

「――え、……スティシアーノ卿!?」

ノルトは自分の指先を素早く取り出した短剣で切った。

痛みにノルトは僅かに片眉を動かすと、ミリアベルに「見せてもいいか？」と問いかけた。

「大丈夫です」

こくりと頷くミリアベルの眼前に、ノルトは自分の指先を晒《さら》す。

切り口からじわりと血が滲《にじ》み、ぱたぱたと地面に落ちていく。

落ちた血が土に沁み込むのをミリアベルは眉を下げながら見つめた。

「スティシアーノ卿……思い切りがいい方なのですね」

「ふ、思ったより深く切れてしまって自分でも驚いているよ」

ミリアベルは痛ましい傷口に眉を顰《ひそ》めると、聖魔法と水魔法の同時展開を意識して魔力を練り上げる。

水魔法はいつも通りに、聖魔法は治癒の術式を構築して魔法を発動する。

だが、発動できたのはいいものの、どうやって治癒魔法の効果を増幅すればいいのかわからない。

ミリアベルが困った表情を浮かべると、ノルトは苦笑する。

「そうだな、増幅魔法は二つの魔法を混ぜ合わせるイメージだ。今回の場合は、治癒魔法を水魔法に混ぜるように、……紅茶にミルクを混ぜるような、という感じかな？」

「や、やってみます……」

ミリアベルは真剣な表情で魔法を混ぜ合わせる。

困惑したような表情を浮かべているのを見るに、上手く増幅できたかわからないのだろう。

ノルトは微笑むと、自分の指をミリアベルに差し出す。

「さて、それじゃあここに治癒魔法を掛けてもらってもいいか？」

「——はいっ」

頷いたミリアベルは、治癒魔法をノルトの指に掛ける。

するとすると、その瞬間二人を真っ白な光が覆った。

「——えっ⁉」

「はは、できているじゃないか」

光が収まったと同時にノルトの指を見ると、先ほどまであった傷が綺麗さっぱりなくなっている。

「え、でき、た……？」

ミリアベルは目を瞬かせて驚き、ノルトは笑みを深める。

「おめでとう、これで水と聖魔法の同時展開も成功だ。……これなら火・水・聖の三属性同時展開もできるんじゃないか？」

ノルトは傷が治った事を確認するように手のひらを握ったり開いたりするとミリアベルを見た。

「綺麗に治っているな。治癒魔法は完璧だ。——だが、発動した魔法に対して魔力消費量が大きい。これは、まあ何度も繰り返し練習して感覚を自分に覚えさせればいい」

「わ、わかりましたスティシアーノ卿！　こちらに滞在させていただいている間、しっかりと修練に励みます！」

「——うん、よろしく頼む……。頑張りすぎるのは良くないが、感覚を掴んでいる内に先ほど話した三属性同時展開にも挑戦してみようか」

けろりと軽く言い出すので、ミリアベルはぎょっと目を見開き、「む、無理です！」と慌てて断る。

ノルト本人は四属性同時展開もできるので、三属性同時展開などできて当たり前だと思っているだろう。

しかし、そもそも二属性同時展開ですらかなり難しいのだ。

二元素属性の魔法を発動できるというのと、二元素属性の魔法を同時展開できると言うのでは大きな違いがある。

そんな、扱いが難しい同時展開を三属性やってみろ、と簡単に言わないでほしい、とミリアベルはぶんぶんと首を横に振った。

「さ、三属性同時展開など、到底無理です……！　それに、もし魔力の制御ができなくなって暴走してしまったら……！」

魔力暴走を引き起こしてしまったら、どうなるのかわからないのだ。

しかも、自分が途中覚醒したのは聖魔法。

それは、ノルトでさえ操る事ができない魔法だ。

もし、自分の魔力が暴走してノルトの身に何かあれば、国全体の損失になるのだ。

ミリアベルはそんな危ない橋は渡りたくない。

断ろうと必死に首を横に振るが、ノルトは折れる気配がない。

「大丈夫だ。何か起きても必ず私がどうにかするし、フィオネスタ嬢だって私が側にいる時にこういった検証をする方が安心だろう？」

「うっ、それは、確かにそうですが……！」

「だろう？　もし暴走しそうだったら君の魔力を消失させるから大丈夫だ、安心してやってみてくれ！」

「――うぐ」

わくわくと瞳を輝かせるノルトに、ミリアベルは溜息を一つついて腹を括《くく》る。

ノルトは新しい魔法の可能性に期待している。今断っても、この邸にいる間中きっと何度も勧めてくるだろう。

それならば、今この場でやってみせてできませんでした、となった方がいいだろう。

ミリアベルは諦めたように「わかりました」と呟くと、意識を集中させる。

まずは、既にできている元素魔法の同時展開を行う。

目を閉じて火と水魔法の下位魔法を発動させ、小さな光の玉を作り出す。

赤色と水色の小さな玉だ。

何の攻撃力もない属性を宿した小さな玉。

これに続けて、ミリアベルは聖魔法を発動するために集中する。

バランスが崩れないように慎重に自分の魔力を練り上げ、聖魔法の術式を構築していく。

「――ぅ、っ」

魔力の消費が思ったよりも大きい。

まだ聖魔法の発動には慣れていないので、いくら下位魔法とは言え魔力量の調整が難しい。

ミリアベルはつきり、と痛む自分の頭に眉を顰《ひそ》める。

ノルトが心配するように動いた気配がしたが、彼が止めるよりもミリアベルが聖魔法を発動する方が早かった。

ふわり、と優しい光が辺りを照らし、ミリアベルの前に真っ白い小さな玉が浮かんでいる。

「え……」

ミリアベルは恐る恐る目を開けてその三色の光の玉を見つめ、呆然とする。

「——はは、やっぱりな！」

ノルトはその光景を見た瞬間、楽しそうに声を上げて笑うと、優しくミリアベルの頭を撫でた。

「フィオネスタ嬢、良くやってくれた！　やっぱり君は三属性同時展開ができるんだ！」

「な、何で——……っ」

なぜ自分にこんな事ができてしまうのか。

ミリアベルは混乱し、まるで自分の事のように喜ぶノルトの顔を呆気に取られたように見上げる事しかできない。

「——これで、フィオネスタ嬢は聖魔法の希少な使い手であると同時に、水と聖の複合魔法、三属性同時展開を成功させた。もう誰も君を陥れる事はできないだろう」

良かったな？　と笑いかけるノルトに、ミリアベルはストン、と腑《ふ》に落ちた気がした。

なぜ、ここまでノルトが事を急いだのか。

なぜ、攫《さら》うように伯爵家から公爵家にその日の内に連れてきたのか。

全てはミリアベルが自分の力で居場所を得られるようにという思惑だったのかもしれない。

自惚《うぬぼ》れ過ぎかしら……、でも……

たとえこれが勘違いだったとしても、ノルトのお陰で自分の身を守る術《すべ》を手に入れた。

言い掛かりのような罪を着せられそうになっても、希少な聖魔法の使い手であり、三属性同時展開できる複合魔法の使い手だという事が大きな後ろ盾になる。

ミリアベルはノルトを見ると、くしゃり、と顔を歪めてお礼を言う。

「スティシアーノ卿……本当にありがとうございます」

「——なに、これはフィオネスタ嬢が頑張った成果だろう？　私に礼を言う事ではないよ」

ぐっ、と伸びをしたノルトは、邸の方へ視線を戻す。

「さて、気分転換も終わりにしようか。そろそろ日が暮れる。おいで、中へ戻ろうか」

「——はい！」

ミリアベルは微笑むと、ノルトに続いて邸に戻って行った。

◇◆◇

所変わって、フィオネスタ伯爵邸。

伯爵邸では、ミリアベルの父親、リバードが書斎で仕事をしていた。

領地を預かる身として、領民たちの意見を聞いたり、領内の視察をしたり、嘆願に一つ一つ目を通し、改善できる物は実行する。

そして、王宮での会議に家族の事——

リバードは、解決を待つ案件の多さに溜息を零《こぼ》すと眉間を揉み込む。

「先日、アランドワ侯爵家に送った手紙はもう既にあちらの家に到着しているだろう……侯爵がどういった対応をしてくるか……」

以前言葉を交わした印象では、常識のある人物であった。

高位貴族によくいる、高慢に爵位を振りかざすような人物ではなかったように見えた。

だから、まともな話し合いができるのではないか、とリバードは考えていた。

そうして、しばし思考に耽《ふけ》っていた時。

「——旦那様」

ノックと共に聞きなれた家令の声が聞こえて、リバードは顔を上げる。

「ノルト・スティシアーノ卿からお手紙が届いております」

「――わかった。入ってくれ」

リバードは椅子から立ち上がると入室の許可を出す。

ノルトから手紙が届いた――

今日、ミリアベルを連れて行ったばかりなのにこんなに早く何の手紙だろうか？　と首を傾げる。

家令が銀のトレーに載せた分厚い封筒を取り上げた。

リバードは手紙の中に入っていた資料を読むなり、書斎のテーブルに叩き付ける。

「――っ」

扉の側に控えていた家令が、びくりと体を震わせた。

「……っ、あのっ小僧……っ！」

リバードは前髪をぐしゃりと掴み、ギリ、と奥歯を噛み締めた。

「何が、婚約破棄だ……っ！　自分は婚約者がいる身ながら数ヶ月にもわたって不貞行為を続け、挙句の果てにはミリアベルに無実の罪を着せて公衆の面前でこのような事を……っ！」

リバードは、ノルトからの手紙によってミリアベルの身に何が起きたのかを知ってしまった。

ミリアベルから簡単に経緯を聞いてはいたが、ノルトからの手紙はより詳細だった。

冒頭にはミリアベル個人の事情を覗き見てしまった事についての謝罪、次になぜ学院の事を調べているのかという経緯が続き、そして本来はティアラ・フローラモについて調べるために映像記録の魔道具を確認し、その際にミリアベルに起こった一連の事件を知ってしまった事が記載されていた。

ノルトは学院の映像記録用の魔道具でミリアベルの婚約者であるベスタ・アランドワが仕出かした事を知り、不貞を働いていた証拠を渡してくれたのだ。

ここ数ケ月でベスタの性格が著しく変わり、「奇跡の乙女」の信者になっているようだ、と忠告までしてくれている。

「この手紙のおかげで侯爵家の責任を問えそうだな。……後は奇跡の乙女の信者、か……厄介な……」

だが、信者になってしまっているベスタの対応は侯爵家がすればいい。

リバードはそう考え、苛立ちを何とか抑えて深呼吸する。気持ちを落ち着かせると、家令のジョンソンに笑いかけた。

「ジョンソン、驚かせてすまなかったな。スティシアーノ卿に手紙を書く用意を」

「かしこまりました、旦那様」

リバードはテーブルに散らばった手紙と証拠資料を手早くまとめ、再びそれらに視線を落とした。

◇◆◇

あれからミリアベルはノルトと共に別邸に戻り、ティータイムをまったりと楽しんでいた。

「──それで、カーティスは本当にマヌケな男でなぁ……本当に年上なのかと疑ってしまうくらいなんだよ」

「ふふふっ、アルハランド卿はとても楽しい方なのですね」

「言葉を選ばなくていいんだぞ？　素直にマヌケだと言ってくれ」

ノルトは、自分の幼馴染であり、王立魔道士団の副団長である友人のカーティスの幼い頃の失敗談や、今までの討伐任務で起きた面白可笑しい話を冗談を混じえて聞かせてくれた。

ミリアベルは、ここに来た時よりも気持ちが軽くなり、心から笑えている事に感謝した。

ノルトはミリアベルが思わず笑ってしまうような話を選んでくれて、明るい雰囲気にしてくれている。

なぜ、こんなに自分に良くしてくれるのだろう。

ふと、疑問が浮かんできてノルトを見つめる。

自分自身も忙しい身でありながら、手ずから魔力制御を教えてくれて、魔法の同時展開の練習まで見てくれている。

自分が稀少な聖魔法の使い手だからだとしても、ノルト程の人がこんなに良くしてくれる理由がわからない。

「フィオネスタ嬢？　どうした……？」

ノルトはミリアベルの小さな変化にも気付き、心配そうに顔を覗きこむ。

ミリアベルは咄嗟《とっさ》に笑顔を向け、「なんでもないです」とごまかした。

「――そうか？　それならいいが……ああ、いい時間になったな。夕飯の時間まで一旦解散にしようか」

今はこれ以上は聞けないか、とノルトは諦めた。窓の外が茜色に染まっているのを確認し、ソファから腰を上げる。

「恐らく、フィオネスタ嬢の自室に伯爵家から荷物が届いているだろう。夕食の時間まで荷物整理等をしていてくれ。夕食の準備ができたら呼ぶから、一緒に食べようか」

「は、はい……っ！　スティシアーノ卿、本日は色々とありがとうございました！」

ミリアベルも立ち上がり、ぺこりと頭を下げる。

「――お礼を言いたいのはこちらの方だ。国の無茶な要求に応じてくれてありがとう。これからもよろしく頼む」

ノルトはふんわりと優しく微笑むと、ミリアベルの頭を優しく撫でる。

「では、私は少し仕事が残っているから先に失礼するよ」

「あっ、はい！　ありがとうございました！」

ノルトはミリアベルにもう一度微笑んでから退出した。

先ほど、カーティスから連絡があった。

遠隔魔法で直接話したいとの事だったので、夕食前に済ませた方がいいだろう。

このタイミングで連絡があったという事は、ミリアベル関連の話である可能性が高い。

ノルトは先ほど浮かべていた微笑みを引っ込めると、足早に廊下を進んだ。

◇◆◇

部屋に残ったミリアベルは、撫でられた自分の頭にそっと手を当てた。

ノルトの気遣いのお陰で、彼といる間は嫌な事を思い出さない。

「伝説の人はすごく暖かい人なのね」

一人でいる今ですら、悲しい気持ちにならずにふんわりとした穏やかな気持ちでいられる。

夜に一人になったら学院での出来事を思い出し、泣いてしまうかもしれない。

それでも、今悲しみに心が支配されずに済んでいる事が、微笑みさえ浮かべられている事が驚きだし、ノルトへの感謝の念が湧いてくる。

「さて、荷物の整理をしに行かなくちゃ……！」

ミリアベルは軽やかな足取りで部屋を出て、廊下を進んだ。

がちゃりと扉を開けると、ノルトの言っていた通り伯爵邸から自分の服や小物、日用品が届いていた。

恐らくメイドたちが用意して、魔道具で転送してくれたのだろう。

「皆に感謝しなくてはね……」

普段の仕事で忙しい中、きっと最優先でまとめてくれたのだろう。

ミリアベルが気に入っている外出用のドレスや軽装、愛用している化粧品や化粧水が丁寧に箱に詰められている。

「――あ……っ！」

ミリアベルは、転送されて来た荷物の中から愛読していた恋愛小説の本を取り出した。

自分が気に入っていた本がメイドの皆にバレていた事にいささか羞恥が湧く。

もうっ、と照れくささをごまかすようにその本を備え付けの小さな本棚に入れると、その後もどんどん荷物を取り出し、整理していく。

粗方終わった頃には窓の外の日はとっぷりと暮れていて、茜色だった空が濃紺に変化している。

「日が落ちるのが早いわね……」

ミリアベルはぽつりと呟く。

まだ夕食のお呼びはかかっていないから、と先ほど収納したばかりの本を手に取ると、ソファへ移動した。

ノルトの仕事がまだ片付かないのだろう。

今日は朝からずっとミリアベルにかかり切りだったのだ。

魔道士団の団長かつ、公爵家の嫡男である彼は激務だろう。

それなのに、自分に時間を費やしてもらって申し訳ない気持ちになるが、ミリアベルは自分にできる事はノルトの指導通り自分の力を発揮する事だと理解している。

ノルトが自分のために割《さ》いてくれた時間を無駄にしないように、しっかりと学ばなければいけない。

「……こんなの読んでたら、怒られちゃうかしら」

ミリアベルはちらりと恋愛小説の本に視線を落とすと、ほんのりと頬を染めてそっと脇に退ける。

「やっぱり、夕食までは魔法の練習をしよう」

簡単な魔力の調整、下位の聖魔法ならば一人で構築の練習をしても大丈夫だ、とノルトの了承を得ている。

少しでも異変を感じたらすぐに魔力を解放すればいいと教えてもらったので、ミリアベルは時間が来るまでひたすら魔力調整の練習に明け暮れた。

◇◆◇

私室に戻るなり、ノルトはカーティスに遠隔通信魔法で連絡した。

この魔法は、お互いに面識さえあれば、その場にいなくても連絡を取り合える便利な魔法だ。

だが、消費魔力が多いため、使える人間は限られる。

面識がなく、術者が通信魔法を使えない場合は魔道具もあるが、それは使用範囲が限られている。ノルトとカーティスは魔力量に優れているため、連絡を取る時はもっぱら通信魔法を使用していた。

ノルトがカーティスを呼び出してしばしの時間が経ち、ようやっとカーティスが応答する。

「ああ、俺だ。先ほどはすぐに出られなくてすまない。カーティス、何か問題があったのか？」

ノルトが問いかけると、カーティスはまだ外にいるようで、周りの喧騒《けんそう》が耳に入る。

その喧騒《けんそう》に混じり、カーティスの声がジジ、とブレながら聞こえてくる。

〈ああ、陛下が正式に異常事態を宣言するとの情報が入った。光・聖魔法の使用者の討伐への同行も確定したぞ〉

「――もう、か。それで、時期は？」

〈出発は二週間後を予定しているそうだ。前後する可能性はあるが、概《おおむ》ねその辺りで本決まりしそうだ〉

「そう、か……。二週間後か……。結構ギリギリになりそうだな……」

ノルトの呟きにカーティスが焦ったような声を上げる。

〈おいおい、まさか――フィオネスタ嬢の魔力制御に手こずってる感じか？　出発は延ばせないぞ、どうすんだ？〉

「え？　……いや、違う。優秀過ぎて、覚えてもらう魔法が多くてな……上位魔法と最高位魔法の習得がギリギリになりそうだな、と……」

ノルトがケロッと返事をすると、通信魔法の向こうでカーティスが〈なんだよ！〉と呆れた声を上げているのが聞こえる。

〈最高位なんていらねぇよ！　下位の治癒と中位の防御魔法さえ覚えておけば大丈夫なんだから、……面白がってあれこれ教え込むなよ！　お前の悪い癖だぞ！〉

「――優秀な人間がいたら、色々教えたくなるだろう、普通。本当に吸収が早いんだよ、適応能力も高い。彼女は逸材だぞ？」

〈ここまでお前に言わせるフィオネスタ嬢に興味は尽きんが、ちゃんと隠しておけよ――〉

「当たり前だ。……で、急ぎの報告ってのは、これだけか？」

ノルトは夕食の時間を過ぎている事に気を取られ、通信を切ろうとする。

〈これだけって、お前なぁ……ほんっと人使いが荒いんだよ……〉

「他には特にないな？　切るぞ」

〈あっ、ちょ！　おまっ……〉

ノルトはさっさと会話を切り上げると、通信をぶつんと切ってしまった。

討伐で、自分が率いる王立魔道士団にどうミリアベルを組み込むか考えつつ腰を上げる。

カーティスの情報が正しければ、討伐は二週間後。

ノルトは頭の中で今後のミリアベルのスケジュールを組み立てながら、ミリアベルの自室に向かった。

「――ん？」

ミリアベルの自室から聖魔法の魔力が漏れている。

一人で魔力制御の訓練を続けているようだ。

「部屋にいる時くらい、好きな事をしていればいいのにな……」

まったくフィオネスタ嬢は真面目すぎる、と苦笑する。

ノルトは、ミリアベルと出会い、会話をするうちに、彼女の人柄や性格を好ましく感じている自分にうっすらと気付いていた。

突然このような場所に連れて来られても泣き言一つ、不満一つ口にしない。

自分より年下なのに、その心の強さには感服する。

この気持ちが素直な尊敬の念から来ているのか、それとも他の――異性に対する気持ちから来ているのかはノルト自身にもまったくわからない。

しかし、ミリアベル・フィオネスタという人間にとても好感を持っているのは確かだ。

ノルトは、真面目すぎるのも良くないな、と首を横に振り、ミリアベルの部屋の扉をノックした。

◇◆◇

夕食の時間。

ノルトとミリアベルは食堂のテーブルに座り、魔力制御や修練に関して意見を交わしたり、世間話をしたりして和《なご》やかに食事を楽しんだ。

食後のお茶を楽しんでいる時、ノルトは討伐が決定した事をミリアベルに伝えた。

「フィオネスタ嬢、話は変わるのだが……本日、陛下が正式に異常事態の宣言をされる事が決定した」

「――、とすると討伐同行についても……？」

ノルトは真っ直ぐミリアベルを見つめたまま、こくりと頷く。

「ああ。治癒魔法の使い手の討伐同行も要請される。出立は二週間後だ」

「二週、間……何だか、あっという間にその日になってしまいそうですね」

「そうだな。きっとこの二週間は短く感じるだろう。……それで、討伐に参加したらわかる事だから先に伝えておくが……今回の討伐には、非正規団員として騎士見習いや魔法騎士団に所属したいと考えている学生たちも参加する事ができる」

「――っ」

ミリアベルはぐっと言葉を飲み込み、緊張した面持ちになる。

「君の婚約者であるベスタ・アランドワも今回の討伐に同行する可能性が零《ゼロ》ではない。……フィオネスタ嬢と、その……婚約者である彼との間には何かあるのだろう？　フィオネスタ嬢の所属は王立魔道士団になる。学生の所属は魔法騎士団の後方に位置する小隊になるから鉢合わせる事はないだろうが、一応先に伝えておく」

「詳しい事をお話しできていないのに、お気遣いいただきありがとうございます。スティシアーノ卿」

ミリアベルは苦しそうに唇をきゅう、と噛み締める。

ノルトは眉を下げると、再度「すまない」と謝罪した。

ミリアベルは知らないが、ノルトはミリアベルが婚約者にどんな目に遭わされたのかを知っているのである。

その身に起きた不幸を感じさせずに必死に魔力制御に勤しむミリアベルを見ていると、ノルトは何だか申し訳ない気持ちになった。

「そんな……っ、スティシアーノ卿が謝罪する必要なんてありません！　色々とご配慮いただいて……」

ミリアベルは首をぶんぶんと横に振って否定する。

「むしろ、事前に教えていただいて感謝しております……何の心構えもできず突然鉢合わせる、という事がないだけとても嬉しいです」

眉を下げ、情けない表情で笑うミリアベルに、ノルトは「そうか」とだけ言葉を返した。

二人は紅茶を飲み終わった後も討伐に関して意見を交わし、就寝の時間まで様々な事を話した。

夜が更けた頃、部屋に戻ったミリアベルはどこかぼうっとした意識のままベッドに横になる。

夕食の席で名前を聞いたことで、ベスタに裏切られた悲しみを思い出してしまったのだ。

ミリアベルはじわりと瞳に涙を滲《にじ》ませた。

「――婚約破棄について、お父様に任せ切りになってしまって本当に申し訳ないわ……対応に追われているでしょうに、私は逃げてしまった……」

手で顔を覆い、じわじわと溢れる涙を止めようと唇を噛み締めるが、一向に止まらない。

目を閉じると、優しかった頃のベスタの笑顔や、愛情を滲《にじ》ませた瞳、暖かい声音が脳裏を過《よぎ》って、やるせない気持ちでいっぱいになる。

嗚咽《おえつ》が漏れた。

同時に、まるで人が変わってしまったかのようなベスタの態度や、憎しみの込もった視線、冷たい声音まで思い出される。

ミリアベルは声を殺して涙を零《こぼ》した。

――この涙と一緒に、ベスタへの気持ちも全部流れて出て行ってしまえばいいのに。

◇◆◇

ミリアベルの自室の扉の前。

ノルトは就寝前に体が温まるようにと、メイドに用意してもらったホットミルクを手に立っていた。

扉の奥からミリアベルのか細い、涙を堪えるような声が漏れ聞こえ、動けなくなったのだ。

痛ましい表情で扉をじっと見つめる。

「……声を、かけられそうにないな」

ノルトは、押し殺すような声の漏れるミリアベルの部屋の扉にもう一度視線を向け、名残惜しそうに何度も振り返りながら廊下を引き返して行った。

「人を好きになる、というのは大変な事なのだな……」

しかも、今回は好いていた相手から冤罪《えんざい》を掛けられ、手酷い裏切りを受けたのだ。

まだ十代の少女は心にとても深い傷を負った事だろう。

ミリアベルの切なげな泣き声が耳に残り、ノルトはやるせない気持ちで自室に戻った。

翌朝、ミリアベルは昨夜の様子が嘘のように笑顔で挨拶をした。

「おはようございます、スティシアーノ卿！　本日もよろしくお願いいたします！」

ぺこりと下げるミリアベルの頭を、ノルトは眉を下げてそっと撫でる。

「えっ、スティシアーノ卿？」

「いや……、おはようフィオネスタ嬢。今日も一日頑張ろうか」

ふわりと笑みを浮かべたノルトは、今日は何をしようか？　とあえて明るい声を出す。

ベスタの事など思い出さないように、思い出させないように。

日中は忙しく明るく過ごして、余計なことを考える暇を与えない。

そうやって毎日を繰り返していけば、いずれ辛く悲しい出来事を思い出す事はなくなるだろう。

――早く全てを忘れてしまえばいい。

こう思ったのは、ミリアベルかノルトか。

あるいは、二人ともか。

二人は討伐のその日まで、時々脱線しながらも着々と魔力の制御訓練や魔法の習得に取り組んだ。

◇◆◇

国王陛下が正式に異常事態を宣言したのは、ミリアベルの訓練が始まった二日後だった。

にわかに城下はざわめき、今まで穏やかな時間が流れていた貴族街にもぴりりとした緊張が走る。

城下街にいる貴族や平民たちがそわそわと落ち着かない一日を送った、その翌日。

国から討伐に同行する有志を募集する事が発表された。

腕に覚えのある、魔法が使用できる貴族や騎士希望の者など。

まだ学生で正式に騎士団や魔法騎士団に所属できない者も、討伐には参加できる。

もちろん実戦経験のない若者は後方支援がメインとなるが、力のある者は時に目覚ましい活躍を遂げ、特別に陛下から報奨を賜《たまわ》る事もある。

そのため、自分の力を示す事に前のめりになる危険な人間もいる。

そういった人間には周りが見えず、自分が手柄を上げる事でいっぱいになってしまう。

通常であれば後方へ追いやるのだが、今回、後方には治癒魔法の使い手である光・聖魔法の使い手たちがいるのだ。


発表当日、ミリアベルとノルトはカーティスを客室に迎え入れ、話を聞いていた。

ノルトは自室の机の上に辞令を広げると、同封されていた今回の討伐地域の地図も一緒に置く。

カーティスが隣からひょいっと覗き込むと、「あーあ……」と面倒くさそうに言った。

「――くそ……っ、やっぱり奇跡の乙女を含む第一治癒魔法の小隊は有志の後方支援の部隊と同列に配置されるな……」

ノルトが毒づくと、ミリアベルも地図を覗き込む。

ミリアベルに見やすいようにノルトは討伐地域の地図をくるり、と反転させた。討伐に同行するのは初めてのミリアベルのために、位置関係をわかりやすく説明する。

「フィオネスタ嬢、ここが……うちの、王立魔道士団の陣だ。今回は魔法騎士団の部隊が前線に布陣し、討伐を行うんだが……。後方支援——学生の臨時部隊と奇跡の乙女を含む第一治癒魔法の小隊が近い。奇跡の乙女に心酔している者が一か所に集まる可能性があるんだ」

「心酔、ですか……？」

奇跡の乙女と心酔という言葉が上手く結びつかなかったのだろう。

ミリアベルはきょとんと目を瞬かせている。

「ああ。奇跡の乙女を神聖視して信者になっている者が少なくないんだ。そういう人間が集まったら……、下手したら後方は壊滅する可能性がある」

「——っえ⁉」

「まったく……〝奇跡の乙女〟なんて大層な名前を付けて国が担ぎ上げるからだよ」

カーティスはやれやれ、と溜息を零《こぼ》しながら肩を竦《すく》める。

「本当にカーティス、お前の言う通りだよ。国が作ってしまった奇跡の乙女はきちんと国で管理してほしい物だ。今はまだ学院と身内にしか信者は広がっていないだろうが、今回の討伐で奇跡でも起こしてみろ。波は一気に広がる」

「……だが、奇跡って言っても他より治癒魔法の効果範囲が広いのと、防御結界が強いってだけだろ？　フィオネスタ嬢のが凄まじいだろ」

「ああ、もちろんだ。比べるのも烏滸《おこ》がましいくらいにな」

ミリアベルは、さくさく進む話について行くので手いっぱいだ。

そもそも、ノルトとカーティスの話を自分が聞いていていいのだろうか。

「まぁ……とりあえず俺たち王立魔道士団は団長様の指示に従って動けばいいだけだから、多少気は楽だけどねぇ。だからフィオネスタ嬢もそんなに難しい顔しなくて大丈夫大丈夫」

カーティスはケロっと軽く言っていて、ミリアベルは苦笑する。

ノルトが顔をしかめてカーティスの腕を叩いた。

「——とにかく、討伐同行時は注意しないとな。……フィオネスタ嬢との訓練に戻るからさっさと帰れ」

「俺の扱いが酷ぇ！」

ぎゃあぎゃあと騒ぐカーティスをノルトはさっさと部屋から追い出した。

出発までもう二週間を切っている。

ミリアベルの魔力制御は順調に進んでいて、魔力暴走の恐れも今ではほとんどない。

王立魔道士団でミリアベルを引き受けるため、中位魔法程度は習得していてほしい、と色々と教えていたら、ミリアベルの能力が高く、ノルトもついつい熱が入ってしまった。

このままなら、出立までに上位魔法と、最高位魔法も習得できるだろう。

時間にも余裕があるため、最初にミリアベルと約束した「一度フィオネスタ伯爵邸に戻る」という約束も果たせそうだ。

「さて、フィオネスタ嬢。訓練を再開しようか」

「はい、よろしくお願いいたします！」

ミリアベルとノルトは顔を見合わせて笑うと、ここ数日でいつもの日常となった聖魔法の訓練に集中した。

第三章

そうして、ミリアベルとノルトが訓練をし始めて数日後。

リバードからミリアベル宛に手紙が届いた。

「フィオネスタ嬢。君のお父上から手紙が届いたみたいだ」

訓練の合間、ミリアベルが自室で休憩をしているとノルトがわざわざ手紙を持って来てくれた。

「わざわざありがとうございます、スティシアーノ卿……！」

ミリアベルは慌てて手紙を受け取った。

ノルトは「じゃあゆっくり休んでくれ」と告げると、廊下を引き返して行ってしまった。

一体どんな用件だろうか。

ミリアベルは首を傾げながらソファへ腰を下ろし、手紙を開封した。

「——えっ」

ミリアベルは小さく声を上げ、文面を凝視する。

「アランドワ侯爵家との話し合い……」

手紙には、今回の一方的なベスタの婚約破棄について話し合いの場を設ける事、そして、ミリアベルは魔力制御に集中してほしい事が記載されていた。

「――ただ、待つだけなんて……」

ミリアベルはぽつりと呟き、意を決する。ソファから立ち上がって自室を出た。

ノルトの執務室の前にたどり着いたミリアベルは深く息を吸い、扉をノックした。

「――？　どうぞ」

「失礼いたします、スティシアーノ卿」

ミリアベルが扉を開けて顔を覗かせると、ノルトが「どうしたんだ？」ときょとんとしている。

ソファに腰を落ち着けたミリアベルは、ノルトを真っ直ぐ見つめた。

「スティシアーノ卿、ご相談がございます。……一日程、訓練にお休みをいただいてもよろしいでしょうか」

「……何かあったみたいだな」

ノルトはふむ、と考える素振りをしたが、それは一瞬だった。

「わかった。君に魔力暴走の危険性はもうほぼないし、そんな表情で言う程だ、何か大事な用事なのだろう？」

「――ぇっ、理由を聞かなくて良いのですか……？」

「ああ。日々フィオネスタ嬢と接して来て、君がとても真面目で心根の優しい女性だとわかっているからな。一日くらい平気だから行っておいで」

「――っ、ありがとうございます……！　スティシアーノ卿にそう言っていただけてとても心強いし、嬉しいです」

ミリアベルははにかみながらお礼を告げると、「私、精いっぱい戦って参ります！」と言い残して部屋を出ていった。

「……戦う……？　そう言えばさっきフィオネスタ伯爵から手紙が……あっ」

ノルトは、アランドワ侯爵家と話し合いの場が設けられたのか、と察した。

◇◆◇

そして、翌々日。

ミリアベルは外出用のドレスを身に纏《まと》い、不安と緊張に速まる鼓動を落ち着かせるために胸元に手を当て、深呼吸をしていた。

この後、ミリアベルとベスタの婚約破棄についての話し合いがアランドワ侯爵家で行われるのだ。

「フィオネスタ嬢、馬車が来たぞ」

「――っ、ありがとうございます、スティシアーノ卿！　今参ります！」

ミリアベルは慌ててノルトに答える。自室を出て玄関へ行き、公爵家の馬車に乗り込んだ。

まずはフィオネスタ伯爵邸でリバードと落ちあい、そのままアランドワ侯爵邸に向かう。

再会したリバードは元気そうなミリアベルの姿を見てほっとし、スティシアーノ公爵邸に戻ったらノルトにお礼を言っておいてくれ、と何度も言った。

馬車に揺られ、どれほど時間が経っただろうか。

思っていたよりも短い時間だったかもしれないし、気が遠くなるほど長い時間だったかもしれない。

ミリアベルが視線を上げると、昔良く足を運んでいたアランドワ侯爵邸が見えてきて、きゅっと唇を引き結んだ。

リバードが先に、続いてミリアベルが馬車から降りる。

顔馴染みの侯爵邸の門番はミリアベルの姿を見て気まずそうに顔を逸らしたが、ミリアベルとリバードは真っ直ぐ顔を上げ、しゃんと背筋を伸ばして歩き出した。

玄関に向かうと、侯爵邸の家令がミリアベルとリバードを案内する。

「ようこそお越しくださいました、フィオネスタ伯爵、ご息女ミリアベル様。皆様お待ちですので、応接間にご案内いたします」

「ああ、よろしく頼む」

ミリアベルは「皆様？」と眉を顰《ひそ》めたが、問いかける間もなく家令は歩き出してしまった。

室内に入ったミリアベルはそこにいた顔ぶれに驚く。

アランドワ侯爵とベスタがいるのは当然だが、その隣にティアラが座っていたのだ。

なぜ、ティアラ嬢がここに……？

ミリアベルの疑問はリバードも同じだったのだろう。

お互いの挨拶もそこそこに、リバードはソファに腰を下ろすなり低い声音で問うた。

「――アランドワ侯爵……。なぜ、我が家とアランドワ侯爵家の話し合いの場に関係のない女性が？」

リバードの言葉にすぐさま反応したのはベスタだ。ベスタはティアラの肩を抱き寄せ、噛み付くように反論した。

「――無礼な！　この女性はティアラ・フローラモ嬢だ！　ミリアベルが愚かにも持ち物を窃盗し、傷付けた張本人……！　今回の話に大いに関係があるため、同席している！」

「――ベスタ。お前に発言は許していない、黙りなさい」

「……っ、父上……！」

ベスタの言葉を、少し離れたソファに座っていたベスタの父、アランドワ侯爵が冷たい声でぴしゃりと切り捨てる。

ベスタは自分がそんな風に言われるとは微塵も考えていなかったのだろう。目を見開き、戸惑っている。

驚く息子をよそに、アランドワ侯爵はミリアベルとリバードに順々に視線を向け、深々と頭を下げた。

「ミリアベル嬢と上手くやっている、という言葉を鵜呑《うの》みにしていた私の責任だ。この度は我が愚息がミリアベル嬢、並びにフィオネスタ伯爵家に許されざる行いをした事、まことに申し訳なかった」

ミリアベルもリバードも絶句したまま言葉が出ない。

唯一アランドワ侯爵の謝罪に反応したのは、ベスタだ。

「お、おやめください父上……！　このような女に頭を下げるなど……！　この女はティアラを傷つけたのです、人として許されない事をしたのはこの女の方です！」

「――そのような事、しておりません」

ベスタの言い掛かりに、ミリアベルは背筋を伸ばしてきっぱりと言い放つ。

まさかミリアベルが言い返すと思わなかったベスタは、ぎりっと奥歯を噛み締めるとミリアベルを睨み付ける。

憎しみの籠《こも》った瞳を向けられ、ミリアベルは一瞬怯んだ。

しかし、しっかりとベスタを見返し、その後にアランドワ侯爵を見て否定する。

「アランドワ侯爵、私は誓ってそのような事をしておりません。そもそも、私はその日ベスタ・アランドワ卿とティアラ・フローラモ嬢の逢瀬を目撃してしまい、学院を早退しておりますので、ティアラ嬢に接触する事は不可能です」

「――貴っ様……！　この期に及んでそのような言い逃れを……！」

逆上したベスタが声を荒らげるが、アランドワ侯爵が一喝する。

「ベスタ！　こちらが謝罪した、この事の意味がまだわからんのか！」

「アランドワ侯爵……、言葉で言っても無意味かと。物的証拠を示した方がよろしいかと思いますが」

アランドワ侯爵ははっと目を見開く。「そうだったな」と居住まいを正し、リバードから封筒を受け取った。

ティアラは今までのやり取りに付いていけていないのか、きょとんとして目を瞬かせている。隣に座るベスタを見たり、ミリアベルを見たり、落ち着きがない。

「ベスタ……お前がありもしない窃盗の罪を捏造《ねつぞう》し、ミリアベル嬢を衆目の前で糾弾《きゅうだん》した事は調べがついている」

アランドワ侯爵はそう言って、その時の映像がはっきりと転写された書類をベスタの前にばさりと放り投げた。

ベスタはその書類を慌てて手に取ると、映し出されていた自分の姿に目を見開いた。

そこには、ティアラのブレスレットを学院の人気の少ない廊下にある植物の器に隠しているベスタの姿が転写されていた。

「ち、違う……違いますっ、父上……！　これも、これもその女の捏造《ねつぞう》です……っ！　私との婚約を破棄したくないからと言って、証拠の書類まで捏造《ねつぞう》を……っ！」

ベスタは真っ青な顔で訴えるが、父親の視線は冷たくなるばかりだ。

「ここまでの証拠を出されてもまだ認めないのか……。この証拠はミリアベル嬢には用意できぬ物だ。そもそも、フィオネスタ伯爵家と我がアランドワ侯爵家の婚約は当人同士で勝手に解消だの、破棄だのとできる物ではない。それをお前は私に一言の相談も無く独断で動き、両家の縁を潰したのだぞ！」

「え、縁と言うのであれば……！　ミリアベルなんかよりもティアラ嬢と縁を結ぶ方が良いではございませんか⁉　彼女は奇跡の乙女です！　奇跡の乙女であるティアラ・フローラモ嬢と私が婚約する！　犯罪行為を働いたミリアベルとは婚約破棄する！　そうすれば我が家は賠償金も得られて、新規事業にも何も影響はございません！」

ベスタは勝ち誇ったように嫌な笑みを浮かべ、ふんと鼻で笑う。

ここまで黙って聞いていたリバードが、ついに怒りを顕《あらわ》にした。

「アランドワ侯爵。これ以上、ご子息が私の娘を……我が伯爵家を侮辱する言葉を聞くわけにはいきません。我がフィオネスタ伯爵家は、アランドワ侯爵家との縁を今日限りとし、事業提携、融資から全て手を引かせていただく。……ミリアベルとの婚約も、アランドワ侯爵家に非があるものとして婚約破棄いたします。よろしいか」

お前もいいか？　と問うリバードの視線に、ミリアベルはこくりと頷いた。

アランドワ侯爵はゆるゆると首を縦に振ると、同意する。

「――非公式ではあるが……アランドワ侯爵家は、フィオネスタ伯爵家の申し立てに一切の異を唱えないと誓おう。ベスタ・アランドワにもそれ相応の報いを受けさせる。――我が侯爵家にはまだ優秀な次男がいる」

アランドワ侯爵の沈んだ声が応接間に響き、最後の言葉にベスタが動転した。

「――ち、父上っ！　今の言葉はっ、どういう意味ですか……！　弟がいる、など……！　私はティアラと婚約し、奇跡を我が家に迎え入れ……っ」

「ちょ、ちょっと待ってください、ベスタ様……！　私、ベスタ様と婚約するなんて……！　そのような事は考えておりません……！」

ベスタの言葉を遮り、慌てて口を挟んだのはティアラだ。

婚約破棄後はティアラとベスタが婚約するのだろう、とてっきり思いこんでいたミリアベルは目を瞬かせた。

リバードは冷たい視線でベスタを一瞥《いちべつ》すると、アランドワ侯爵へ向き直る。

「アランドワ侯爵。何やら他の問題が出てきたようですが……。その問題とフィオネスタ伯爵家は関係ないですな。我々は失礼させていただきます」

「――あ、ああ。後ほど、正式な誓約書を用意し、フィオネスタ伯爵家に送ろう」

もうこれ以上この場で話す事もないだろう、とリバードはソファから腰を上げる。

ミリアベルもソファから立ち上がったが、ベスタとティアラは未だに言い争っている。

呆れ顔で踵《きびす》を返そうとしたミリアベルに、アランドワ侯爵が声をかけてきた。

「ミリアベル・フィオネスタ嬢。愚息が色々と迷惑をかけたな……。こんな事になり、本当に申し訳ない」

「いいえ、私の力不足ですから……」

ミリアベルはドレスの裾を僅かに持ち上げ、軽く頭を下げる。

扉前でミリアベルを待っていたリバードと共に、ミリアベルは再度アランドワ侯爵に向き直った。

「短い間でしたが……お世話になりました」

「侯爵家の未来が輝かしい物になるよう祈っております。それでは、我々はここで」

リバードは胸に手を当て頭を下げた。

そうして二人は侯爵邸を去ったのであった。

◇◆◇

ミリアベルとリバードが退出した後、ベスタとティアラは未だに口論を続けている。

フィオネスタ家の二人が去った事にも気づいていないようで、アランドワ侯爵は深いため息を吐いて頭を抱えた。

「ティアラ嬢……！　私を愛している、と言ってくれたではありませんか！　あの言葉は嘘だったのですか……!?」

「私は嘘などついておりませんわ、確かに私はベスタ様を愛しております」

「――ならばっ」

「ですが、私を愛し、慈しんでくださる方はベスタ様以外にもたくさんいらっしゃいます。ですから、私はその方たちにも等しく愛を返さねば……。誰が一番、などと決める事はできませんもの。私は等しく皆さんをお慕いし、愛しておりますので……誰かお一人の妻になるなど、許されませんわ」

「…………は、？」

当然でしょう、と言うようににっこり笑うティアラに、ベスタは言葉をなくした。

その様子を見ていたアランドワ侯爵は「なるほどな」と独《ひと》り言《ご》ちる。

これが、国に〝奇跡の乙女〟として作られた弊害か……

アランドワ侯爵はティアラのどこか空虚な笑顔に薄ら寒さを覚える。

何もおかしい事は言っていないでしょう？　と美しく微笑むティアラは、放心しているベスタに優しく告げた。

「ですので……私は誰か一人の伴侶となる事はできませんが、ベスタ様もお慕いしておりますし、愛しておりますよ？」

神々しい程の笑顔で微笑むティアラは、女神のように美しい。

ベスタは自分の方がおかしいような気持ちになり、ティアラの言葉に納得しかけた。

しかし、その時。

「いつまでここにいるつもりだ。話は終わった。……おい、この二人を連れ出してくれ」

アランドワ侯爵が扉の奥に向かって声をかけると、部屋の外で待機していたのだろう、アランドワ侯爵家の私兵が入ってきて、ベスタとティアラを退出するように促す。

「――なっ、父上……！　まだ話は終わっておりません……！」

ベスタは応接室から出される寸前まで声を上げ続けたが、アランドワ侯爵は一言も返さないまま、扉が閉まった。

応接室を追い出された後、ティアラは「また学院で」とあっさり帰って行った。

「ご自分のお部屋で、大人しくしていてください……！」

「――くそっ！」

ティアラを引き留められなかった上に、私兵に引き摺《ず》られて自室に押し込められてしまった。

何が起きたのかわからない。

ベスタはうろうろと部屋の中を歩き回ると、先ほど父親から言われた言葉を反芻《はんすう》する。

「父上、は……私を廃《はい》す、と言ったのか……!?」

そうしたら、自分は侯爵家の嫡男から平民になってしまう。

貴族の子息や令嬢が通う貴族学院にも通えなくなる、という事だ。

「ティアラに会えなくなってしまう……！」

貴族でなくなれば、ティアラとの接点がなくなってしまう。

ベスタは何か手立てはないか、と爪を噛む。必死に記憶をたどり、数日前の国王の発表に思い至った。

「――そうだ、異常事態……！　奇跡の乙女で、治癒魔法の使い手であるティアラは討伐に同行するはずだ……！　私には平民共より豊富な魔力があるから、魔法騎士団に入る事は容易《たやす》い……！　入ってしまえば、ティアラと接触するチャンスはいくらでもあるな……」

幸い、討伐まではあと一週間もない。

たとえ侯爵家を追い出されようと、ここで名を上げれば、早々に奇跡の乙女の専属騎士になれるかもしれない。

「奇跡の乙女の専属騎士となるのは、とても名誉な事ではないか……!?　そうして力を認められれば、ティアラの伴侶としても認められるかもしれない……！」

良いアイディアだ！　とベスタは表情を明るくした。

それならばいつ侯爵家を出て行くことになっても問題ないな、と晴れやかに荷物をまとめ始めるのであった。

◇◆◇

アランドワ侯爵邸を出たミリアベルとリバードは行きとは逆に、ミリアベルをスティシアーノ公爵邸に送った後、リバードがフィオネスタ伯爵邸に戻る予定だ。

「ミリアベル、大丈夫か……？」

馬車が動き出した所で、リバードがミリアベルを労るような視線を向ける。

空元気ではあるが、気がかりだった婚約破棄の一件が片付いてほっとしているのは事実だ。

ミリアベルは明るい笑顔を浮かべると「はい」と頷いた。

「ありがとうございます、お父様。私は大丈夫ですわ」

「そうか……無理はしないようにな、色々と……」

リバードは向かいの座席に座るミリアベルの頭をそっと撫でた。

親子がささやかな交流をしながら馬車に揺られていると、馬車の窓からスティシアーノ公爵邸の姿が見えてきた。

ミリアベルは無意識にふっと体から力を抜く。

真向いに座っていたリバードはミリアベルの表情が和《やわ》らいだ事に気付き、片眉を上げげた。

馬車が公爵邸の正門に到着し、ミリアベルは腰を上げる。

「ミリアベル」

「――はい、？」

「……体調に気を付けるんだぞ。スティシアーノ卿に迷惑を掛けずに、しっかりとな」

「ふふっ、わかっておりますわ、お父様。では、また」

「ああ」

ミリアベルはリバードに手を振って馬車から降りる。ぐっと背筋を伸ばすと、別邸の方向へ足を踏み出した。

――絶対に下を向くものか。

そう決意して別邸に続く細い小道を曲がった所で、ノルトがひょこりと姿を現した。

「お帰り、フィオネスタ嬢」

「――っ、た、ただいま戻りました。スティシアーノ卿」

「ん？　驚いた顔をしているが……どうかしたか……？」

「いえ、その……まさかスティシアーノ卿がいらっしゃるとは思わず……失礼いたしました」

「ああ……馬車が止まったのが私の部屋から見えたからね。用事は済んだか？」

ノルトの問いかけに、ミリアベルはにこりと笑った。

「はい。しっかり済ませて参りました」

ノルトは目を細めて優しい表情を浮かべると、「そうか」とだけ返してミリアベルと共に別邸に入った。

◇◆◇

そうして時は過ぎ、いよいよ討伐の日が近づいてきた。

既に準備は万端だったので、ミリアベルは約束通り家に帰る事になった。

その日、ミリアベルは朝からそわそわと何度も時間を確認し、まだかまだか、と浮かれた様子を隠せなかった。

「――ははっ。フィオネスタ嬢、待たせてすまないね。馬車が来たようだ、行こうか」

「……っ、はい！」

ノルトも同行してくれるのだが、王立魔道士団の仕事は大丈夫なのか、といささか心配になる。

いつだったか、それとなくノルトに仕事は大丈夫か、自分は仕事の邪魔をしているのではないかと聞いた時は、「私には優秀な副団長がいるから心配しなくていい」といたずらっぽく笑っていた。

仕事の皺寄せがカーティスに行っているのだろう、と逆に心配になってしまったが。

それはさておき馬車に乗り込み、ノルトと会話をしながら馬車に揺られる。

「――ミリアベル！」

ノルトとの会話に夢中になっていると、いつの間にか伯爵邸に到着していたようだ。

馬車の外から大きな声で自分の名前を呼ばれて、ミリアベルは弾かれたように顔を上げた。

ノルトが馬車を先に降り、ミリアベルに向かって手を差し出してくれた。

「スティシアーノ卿、ありがとうございます」

「いや、気にしないでくれ。――それよりも、ほら。君の到着をご家族は待ち切れなかったようだな」

ノルトの手を借りて地面に降り立つと、ノルトが目線で先ほどの声の主を示す。

ミリアベルがそちらを見ると、嬉しそうに瞳を輝かせて歩いてくる家族の姿が見える。

「――お父様、それにお母様にラッセルも！」

久方ぶりの家族の姿に、ミリアベルは思わず声を上げた。

ノルトにもう一度お礼を言ってから、家族に駆け寄った。

走るのは令嬢としてはしたない行動なのだが、今だけは目をつぶってほしい。

リバードは目尻に皺を浮かべながら笑顔で両手を広げて、ミリアベルを抱き留める。

家族三人に囲まれて嬉しそうなミリアベルを、ノルトは穏やかな表情で見つめる。

すると、ふとリバードがノルトへと視線を向けた。

ミリアベルはリバードから離れ、今は母親と抱き合っている。

リバードは真剣な表情で背筋を伸ばし、ノルトに頭を下げる。

リバードからは既に手紙でお礼の言葉をもらっているが、改めて直接お礼を伝えたい、と言われていたのをノルトは思い出した。

「別に気にしなくていいのにな」と思いながら、彼らに歩み寄った。

家族の再会を喜んでいたフィオネスタ伯爵家の面々だが、ノルトの姿を視界に入れるなり頭を下げ、お礼の言葉を伝えてくれた。

そうして挨拶を交わした後、応接室に案内され、そこで今回の討伐について話す事になった。

お茶を淹《い》れたメイドが一礼して部屋から退出すると、改めてリバードがお礼の言葉を告げた。

「スティシアーノ卿。この度は本当に色々とありがとうございました。我が伯爵家は、スティシアーノ卿がいなかったらどうなっていた事か……本当に感謝してもしきれません」

心からそう思っている事が伝わってきて、ノルトは苦笑する。

「手紙でも何度もお礼を伝えていただいています。気にしないでください。私がしたくてやった事です」

「いえ、本当にありがとうございます。ミリアベルの婚約の件もそうですし、ミリアベルを隠していただいている事も……」

「――え？」

ミリアベルは訝《いぶか》しげに声を上げ、なんのことだろうと二人を見た。

ノルトはバツが悪そうに視線を逸らしたが、リバードはにこにこと話し始めた。

「そうか、ミリアベルは知らなかったんだな……。ミリアベルとベスタ殿との婚約も、スティシアーノ卿が手助けをしてくださったお陰でベスタ殿の謀《はか》り事を暴く事ができたんだ」

思いもよらぬ言葉に、ミリアベルはぽかんと口を開けてしまう。

ノルトが手を貸してくれた、と父親は言ったのか。

ミリアベルは驚きの表情のまま、視線をノルトに移した。

ノルトは曖昧《あいまい》に笑い、ミリアベルから視線を逸らす。

「――差出がましい事をした、と思っています……もうこの話はやめにして、討伐の件について話しませんか？」

ノルトは態《わざ》とらしく咳払いをすると、話題を変えようとする。

リバードが「ああ、そうでしたな！」と同調したので、ノルトはこれ幸いと討伐についての詳しい説明を始めてしまった。

今回の討伐任務では、基本的には先日ノルトが話した通り、ミリアベルは命の危険が及ばない後方支援の部隊に所属する。

また、ミリアベルの側には必ずノルト自身が付くと説明してくれた。

大きな戦力であるノルトが後方の部隊にいるのは痛手ではないか？　と言うリバードの疑問に、ノルトはあっさりと平気だと返した。

何でも、今回の討伐任務には魔法騎士団と王立魔道士団の両方が出るため、現場の混乱防止のために前線は魔法騎士団が担うのだとか。

王立魔道士団は不測の事態が発生した際の予備部隊と決まっているらしい。

討伐隊の編制は前方に魔法騎士団、魔法騎士団の後ろに臨時の騎士や魔法騎士見習い、その後ろに治癒魔法の専門の部隊が置かれるが、ミリアベルがいるのはそのさらに後ろ、王立魔道士団の部隊だ。

しかも、王立魔道士団の中でも後ろの部隊へ配置されるため、戦闘に巻き込まれる事はほぼないだろう、というのがノルトの見解だ。

もしこれで、今回の討伐任務遂行中にノルトやミリアベルが活躍する場面が出てきたとしたら不測の事態が起きたという事になり、大事である。

「――そんな事は起きないはずですが、魔獣や魔物が異常発生しているので、絶対に大丈夫だ、とは言いません。……私たちが出る時は前線が崩壊した時ですしね……」

「そのような事態は、過去に起きた事があるのですか……？」

リバードの問い掛けに、ノルトは真剣な表情でこくり、と一つ頷く。

「五十年程昔に一度だけ。その時も、今回のように魔物と魔獣が異常発生していたそうです。その魔物や魔獣たちはある存在から逃げるように国の敷地内に入ってきたのです」

リバードはこくりと喉《のど》を鳴らして続きに耳を傾ける。

「その時の相手は、人型の〝魔の者〟だったそうです。人型は知性もあり、魔力も多いためとても手強い相手で……今回の異常発生が五十年前と同じような理由で引き起こされていたら、多少厄介ではありますが、我等魔道士団がおりますので心配はご無用ですよ」

実際、最も危険なのは前線にいる魔法騎士団だ。

最前線には戦闘慣れした団員たちが配置されるが、その後ろの見習いたちは現場で混乱するだろう。

きちんと統率されていればいいが……

そこだけが心配だが、ノルトが今話して聞かせたのは最悪の事態の話だ。

起きてもいないことを今から憂《うれ》いていても仕方がない。

自分たちでできる範囲の事をするしかないのだ。

それに……もし下位の魔の者が出たとしても、フィオネスタ嬢の高位結界がある。敵は手も足も出せないだろう。

ミリアベルを頼りにする一方で、今回の討伐で彼女の能力が国に知られると厄介でもある。

奇跡の乙女と同じく聖魔法を操るミリアベルは同格か、それ以上の人物として祭り上げられるだろう。

そうなれば信仰の対象とされ、今回のようにおかしな信者が現れる可能性があるし、ミリアベルが奇跡の乙女のように洗脳まがいの教育を施されたら、同じようになってしまう恐れもある。

ミリアベルは既に思春期を終え、人格形成は終わっているが、国を挙げて精神に干渉し、人格を作り替えられでもしたら最悪だ。

奇跡の乙女のようになんの面白みもない女神様ができ上がるのだ。

ノルトは、そうなってしまったミリアベルを想像してゾッとする。

そうさせたくないという個人的な感情から、ノルトはギリギリまでミリアベルを隠そうとしていた。


討伐について説明し始めて二時間程。

一息吐いたところでリバードが使用人に夕食の準備を命じる。

夕食を食べて、討伐までの時間を家族と過ごして、数日後には討伐へ赴《おもむ》かなければいけない。

ノルトは家族水入らずで過ごした方が良いと考え、自分は帰宅すると告げたが、フィオネスタ伯爵家の全員が引き止めた。

「あの……っスティシアーノ卿！　もし、お仕事に影響がなければ……今までのお礼もさせていただきたいので……討伐の日まで我が家でお過ごしいただくのはいかがでしょうか……!?」

お礼など気にしなくていい、とノルトは言ったのだが、ミリアベルは魔力制御訓練にずっと付き合ってくれた事を気にしているらしく、一歩も引かない。

まぁ、仕事はカーティスに任せればいいか……

討伐への出立を数日後に控えた今、それほど魔道士団の仕事はない。カーティスでも十分処理できるだろう。

そう考えたノルトは、ミリアベルの提案に笑顔で頷いた。

ミリアベルはノルトを客間へ案内する最中、ちらりと彼を盗み見る。

ノルトは「ん？」と優しくミリアベルに微笑んだ。

「――あの……っ！　先ほど、父が言っていたベスタ様との婚約破棄の手助けをしてくださった……とは？」

先ほどはあからさまに話題を変えられてしまったが、ミリアベルはノルトに婚約破棄の件と、隠すという言葉の意味について聞こう、と強く心に決めていた。

「あー……」

ノルトはバツが悪そうに後頭部をかくと、ミリアベルに向き直った。

「とある事情でフィオネスタ嬢と婚約者の間に起きた事を知ってしまってね。……見過ごす事はできなかった。フィオネスタ嬢の私生活に踏み込んでしまい、申し訳なかった」

「謝罪なんて……スティシアーノ卿が謝罪する必要はございません……！　魔力制御の訓練にも加え、婚約破棄に関してもご助力いただき本当にありがとうございます」

ノルトがほっとしたように「どういたしまして」と微笑み、ミリアベルも微笑み返した。

◇
◆
◇

ノルトを客室まで案内した後、ミリアベルは自室に戻った。

――何だか、とても疲れた。

ベッドにぽすん、と横になる。

ここ最近はとても色々な事があった。

婚約者だったベスタとティアラの逢瀬を見てしまい、冤罪《えんざい》をかけられて婚約破棄をされそうになった。

かと思えば、聖属性の途中覚醒者となり、ノルトに制御訓練を見てもらう事になり……そうしている内にベスタとの婚約破棄の話し合いがあって……

「……っ」

優しかったベスタはもういないのだ。

ミリアベルが知っているベスタはもう消えてしまった。

「――ぅ……っ」

決して涙など見せるものか、と強く誓って婚約破棄の話し合いに臨んだし、ちゃんと冤罪《えんざい》を否定する事ができた。

しかし、一人になると不意に優しかった頃のベスタを思い出してしまい、涙が頬を伝う。

ベスタのために泣くのはもうこれで最後にしよう。

私の愛した彼はもういないのだから。

そして、ノルトが自分のために手を貸してくれた事にほっと温まった気持ちを大切にしよう。

ミリアベルは流れる涙と一緒に、過去の思い出もベスタへの想いも全て流れていけばいい、としばらく一人、泣き続けた。

涙が涸《か》れた頃、夕食の時間を告げる使用人の声にミリアベルは気持ちを切り替えて自室を出た。

◇◆◇

そうして穏やかな日々が過ぎ、出立の日は雲ひとつない快晴であった。

爽やかな気持ちのいい風が吹いている。

ミリアベルもノルトも王立魔道士団の濃紺の団服に身を包み、野営用の荷物を持って玄関に出る。

――昨日の夜はあまり眠れなかったわ……

ミリアベルがため息を吐いて逸る心臓に手を当てると、ノルトが安心させるようにミリアベルの頭を撫でる。

公爵家の別邸で度々頭を撫でられていたため、この行為は二人の癖のようになっている。

見送りに来た家族は驚いていたが、二人は気付かなかった。

「フィオネスタ嬢、そんなに気負わなくていい。もっと気楽に構えていて大丈夫だから」

「スティシアーノ卿、ありがとうございます……。せめて、皆さんのお邪魔にならないように気を付けますね」

和《なご》やかに話す二人を見て、伯爵夫妻は顔を見合わせる。

ノルトが初めて伯爵邸に来た時とはミリアベルに向ける視線が全く違っている。

リバードが何か言おうとしたが、ティシナが首を横に振るので口を噤《つぐ》んだ。

「ミリアベル……、体に気を付けて、あまり危険な事はしないでね」

「――お母様、ありがとうございます！」

ミリアベルはぱっと表情を輝かせ、笑顔で言葉を返す。

ノルトがリバードに頭を下げると、リバードは縋るような目をして「娘を頼みます」と言った。

「ミリアベルがご迷惑をお掛けするかもしれませんが、よろしく取り計らってくださいますようお願いいたします。ミリアベル、団員の皆さんのお邪魔にならないようにな。危険な目に遭わないようにしっかりとスティシアーノ卿の言う事を聞くんだぞ」

「……とんでもない。フィオネスタ嬢は賢明な女性です。うちの団員に見習わせたい程ですよ」

ノルトが柔らかく微笑んでミリアベルを見ると、恥ずかしそうに笑うミリアベルと目が合った。

ミリアベルは後方にポツンと立ち竦《すく》むラッセルを手招きをする。

「――っ、姉様！　絶対無事に帰ってきてくださいね！」

「ふふ、ありがとうラッセル。ええ、無傷で帰れるように頑張るわ！」

ぎゅうっと抱き着いて来るラッセルを抱き締め返して、ミリアベルが微笑む。

「姉様も頑張ってくるから、ラッセルもお勉強や剣術を頑張るのよ？」

「――ぅっ、……はい」

こくこくと頷くラッセルの頭を優しく撫でるミリアベルに、ノルトは優しい視線を向ける。そして再度リバードとティシナに向き直り、頭を下げた。

「それでは、そろそろ我々は……」

ミリアベルは最後にもう一度ラッセルの頭を撫でると、パタパタとノルトに駆け寄った。

ノルトとミリアベルの背後には大きな馬車が停まっていて、中には今回の討伐に必要な荷物等が載っている。

二人は、この馬車で直接討伐任務開始の場所まで向かう予定だ。

「それでは、行ってまいりますね」

「ああ、気を付けて」

「怪我しないようにね」

「姉様、早く帰ってきてね！」

家族と手を振り合い、ミリアベルはノルトの手を借りて馬車に乗り込む。

二人が乗り込んだ事を確認すると、ゆっくりと馬車が動き出した。
ミリアベルは窓を開け、家族の姿が見えなくなるまで手を振る。
その様子を、ノルトは黙って見つめていた。

ガタガタと揺れる馬車の中で、ノルトはミリアベルに真剣な表情で討伐の注意事項を伝えていた。

「いいか、フィオネスタ嬢。今回の討伐は魔獣や魔物が異常発生している。いくら君が攻撃魔法を使えても、聖属性の最高位魔法を覚えていても、まだ発動までに時間がかかるだろう？　だから、もし近くに魔獣や魔物が出現しても、自己判断で魔法は使わないでほしい」

「はい、スティシアーノ卿」

「フィオネスタ嬢の側には必ず私がいるし、もし私がいなくても、魔道士団の誰かが必ずいるから。慌てずに指示に従ってほしい。……五十年前のような魔の者が現れたとしたら、恐らく討伐隊は隊列を崩されるが、混乱の最中でも冷静にならなければいけない」

魔の者。

ノルトが先日から言っているこの〝魔の者〟とは、人の混乱に乗じてまるで人間の部隊のように作戦を立てて行動するらしい。

知恵を持った敵が一番恐ろしいのだ。

「そして、万が一隊列が崩れて前方の魔法騎士団と合流してしまった場合、そこにはベスタ・アランドワとティアラ・フローラモがいる。恐らく顔を合わせる事になる。……精神干渉の耐性魔法を常に自分に掛けておいてくれ」

「――わかり、ました」

精神干渉とは、随分物騒な話だ。

魔の者が出てきたら、物理戦闘だけでは済まないのだろうか。

「なぜ、と思うだろうが、それは今度ちゃんと説明するから……これだけは頼む」

不安そうな表情でこくり、とミリアベルは頷く。ノルトは満足そうに微笑むと、いつものようにミリアベルの頭を撫でた。

二人が馬車に乗り込んでから、かなり時間が経っている。

出発した時にはまだ太陽が高かったのに、今や空は茜色に染まっていた。

街道を進む馬車は、道が悪くなってきたのか揺れが大きくなっている。

随分、都市部から離れたのだろう。

ミリアベルはソワソワとした気持ちを隠せず、そっと馬車の窓から外を窺う。

すると、ちょうど平原の開けた場所に出ていた。

「――ん、着いたな」

「え、到着ですか？」

ノルトがふと顔を上げ呟くので、ミリアベルは驚きの声を上げる。

ぱっと窓の外を確認するが、平原が広がっているだけで、人の気配はない。

「ああ、すまない。転移場所に到着した、という意味だ。ここで馬車を降りて、転移魔法陣で魔道士団の駐屯地に転移する手筈だ」

ノルトはそう言うと、馬車の扉を開け放つ。ミリアベルも慌ててノルトの後を追った。

ノルトの手を借りて馬車を降り、地面に足を着けた瞬間、先ほどまで誰もいなかった場所に魔道士団の団服を着た男性が立っていた。

ミリアベルはびくりと体を震わせる。

「お待ちしておりました、スティシアーノ団長。――それに、フィオネスタ嬢。駐屯場所までご案内いたします」

男性はにこりと優しく微笑む。

ミリアベルは驚きのあまり挨拶する事を忘れてしまった。

ミリアベルが目を白黒させている内に、ノルトはその団員とテキパキと転移の準備を開始する。

我に返ったミリアベルは荷物を出さねば、と振り返ったが、既に団員が馬車から運び出していた。

あまりの手際の良さに目をぱちぱちと瞬く。

「団長、荷物は先に駐屯地に送っておきますね」

「ああ、頼む。魔法陣の用意は大丈夫そうか？」

「ええ、これくらいなら込められた魔力は持ちそうです」

ノルトが「よろしく頼むぞ」と団員の肩を叩く。

それをぼーっと眺めていると、ノルトが不意にミリアベルを振り返った。

「――っ」

びくりと肩を跳ねさせると、ノルトが苦笑し、こっちに来るようにと手招く。

ミリアベルは素直にノルトの隣に並んだ。

「これから転移魔法陣で王立魔道士団の駐屯地へ飛ぶから、決して私の手を離さないように。慣れていない者が転移魔法陣で移動すると、不快感を感じるみたいでな……君は魔力が多いから、下手に魔法陣に干渉すると厄介だ。変な所に飛ばされないように私と手を繋いでいてほしい」

ノルトが当然のようにミリアベルに手を差し出す。

馬車から降りる時には何度も手を借りたのに、ミリアベルはなぜか戸惑った。

だが、ノルトは躊躇《ためら》いなくミリアベルの手を取る。簡潔に「転移するぞ」とだけ言って、魔法陣に乗った。

「――わっ」

「魔力を揺らさないように」

ノルトの足が魔法陣に触れた途端、ノルトとミリアベルの体を眩《まばゆ》い光が包んだ。

あまりの眩しさに、ミリアベルは目をぎゅうっと強く閉じた。

瞼の裏できらきらと光が迸《ほとばし》り、次第に収まる。

転移、できたのかしら？

そう思った瞬間、周囲からざわめきが聞こえ、ミリアベルは目をぱちりと開けた。

「団長！　お待ちしておりました」

「討伐の指揮はどうしましょう？　魔法騎士団に任せたままですが、このままでいいでしょうか？」

目を開けると、そこは鬱蒼《うっそう》とした木々が生い茂る森の中だった。いつの間にか魔道士団の団服を来た人たち、三、四十人程に囲まれている。

彼らの勢いに怯えたミリアベルはぴくりと震えた。

その小さな動きに反応したノルトが、繋いだままの手に力を入れ直し、ぐっと引っ張る。

「――わっ」

「わかった、わかったから、後でちゃんと聞いてやる。まずは落ち着かせてくれ。優秀な治癒の使い手がお前たちに怯えている。散れ」

団員たちはっとして口々に謝罪してくれた。

ミリアベルも慌ててペコペコと頭を下げるが、その最中もノルトは手を離さない。

手を繋がれたまま挨拶をするミリアベルを、ノルトはむすっとふてくされたように眺めている。

その奇妙な光景にぶふっと笑い声を零《こぼ》しながら、誰かが近付いてきた。

「――？　あっ、アルハランド卿⁉」

「カーティス」

名前を呼ばれたカーティスはへらりと笑う。

「先行隊として出発している魔法騎士団は魔獣との戦闘を開始しているみたいだ。もうあっちでは治癒の使い手も活躍しているってさ」

「――そうか。思ったよりも早く戦闘が始まったな。……そんなに強い魔獣や魔物と相対したのか」

「いや、単純に数が多いらしいぞ。お前が睨んだ通りな。――で、いつまでフィオネスタ嬢の手を握ったままなんだ？」

からかうような視線に気が付き、ミリアベルはぱっと手を離す。

頬が火照《ほて》っているから、きっと真っ赤に染まっているだろう。

ノルトはそこでようやくミリアベルと手を繋いだままだった事を思い出し、ミリアベルに謝罪した。

「すまない、フィオネスタ嬢。繋いでいた事を忘れていた。私はカーティスと話をしてくるから、待っていてくれ。――おい、彼女を頼む」

「はいっ、団長！」

ノルトはミリアベルの頭を優しく撫で、後ろにいた団員へ声をかける。

団員はハキハキと返事をすると、「こちらへどうぞ」と天幕を案内してくれた。

「あ、はい……っ、ありがとうございます！」

ミリアベルに視線を向けているノルトの隣で、カーティスは珍しいものを見たかのように目を細める。

「やっと春が来たのかね」

「――？　今は秋だが、忙しさでおかしくなったのか？」

不思議そうにノルトが言い返す。

カーティスはにんまりと意味深な笑みを浮かべてノルトの背中をバンバンと叩いた。

◇◆◇

魔法騎士団に有志で参加する臨時団員たちの集合する駐屯地では、ざわざわと人々の話す声が聞こえる。

ベスタ・アランドワは団服に身を包み、キョロキョロと周りを見渡していた。

「――ティアラの姿が見当たらないな」

ちらほらと貴族学院の生徒たちがいるから、ここで合っているはずなのに、治癒魔法の使い手たちの姿が見当たらない。

婚約破棄の話し合い後、討伐での功績を当てにして、ベスタは学院を退学する手続きを行った。

侯爵家の金で戦闘の支度を整え、武器や毒消し、体力と魔力の回復薬をかなりの数用意した。

この討伐任務で使用しなくとも、今後の任務で使えばいい。

恐らく、この異常事態が落ち着いたらベスタは侯爵家から追い出される。

その前に侯爵家の金で買える物は全て買っておいて、次に備えるのだ。

「きっとティアラも、私の顔を見たら喜びに涙を零《こぼ》すに違いない」

ベスタはにたりと嫌な笑みを浮かべた。

ティアラを捜して歩き回り、最後尾にたどり着く。

見逃したか？　と戻ろうとして、美しい鈴の音のような声が聞こえ、無意識の内に駆け出した。

恋焦がれていた艶々と輝くローズピンクの髪が見えて、ベスタは頬を緩ませる。

ティアラは学院の生徒たちに囲まれ、コロコロと可愛らしい笑い声を上げている。

彼女の隣には学院の男子生徒がくっついていて、あろう事かティアラの腰を引き寄せている。

ティアラ自身も嫌がる様子はなく、自然に身を寄せていた。

愛する女性の浮ついた姿を見て、ベスタは怒りで目の前が真っ赤になった。

「――ティアラ嬢！」

ベスタは大声を上げると、ズンズンと大股で歩いて行く。ティアラの腰に手を回していた男からティアラを奪い取って抱き締めた。

突然現れたベスタに、ティアラの周りにいた学院生たちがぽかんと口を開ける。

ティアラを奪われた男は、むっとした表情を隠す事なくベスタを睨み付けた。

「誰かと思ったら……学院を辞めたアランドワ侯爵令息じゃないか。散々ティアラ嬢を放っておいて、今更何だよ？」

「――なっ！　放っておいてなんかいない！　今回の討伐には未成年も同行できると言うので準備で忙しかったんだ……！」

「忙しさを言い訳に、放っておいたのは事実だろう？　準備があったのは私も同じだ。ティアラ嬢がどれだけ寂しがっていたか……」

図星を突かれたベスタはティアラをぎゅうっと抱き締める。ティアラは嬉しそうにベスタの背中に腕を回し、抱き締め返してきた。

「――ベスタ様……お会いできて良かった……突然学院を辞めてしまわれて、何かあったのでは、と心配しておりましたの……ご無事で良かったです」

「ああ、ティアラ嬢……そんなに私の事を心配して……？　申し訳ありません。貴女をお守りするための準備で忙しく、中々会いに行けなかったのです」

ベスタはうっとりと蕩《とろ》けた瞳でティアラを見つめる。

先ほどの怒りも、暴力的な衝動も、こうしてティアラと共にいるだけでなくなっていく。

ティアラの側はとても居心地がいい。

ベスタはティアラの腰を抱き寄せると、周囲の学院生たちを牽制《けんせい》するように睨み付ける。

「ベスタ様……あまり皆さんと喧嘩しないでくださいね？　私は大好きな皆さんがギクシャクする

のは悲しいです……」

「ああ、ティアラ嬢。悲しまないでください」

「ティアラ嬢、なんて優しい心の持ち主なんだ」

ティアラはベスタを宥《なだ》めた後、周囲の者たちへも「仲良くしてください」と微笑む。

すると、ギスギスした空気が嘘のように霧散した。

男たちはティアラを優しく見つめ、ティアラは嬉しそうに微笑んだ。

◇◆◇

ベスタたちから遠く離れた最前線。

森の奥深くまで進んでいた魔法騎士団の面々は、戦闘を開始してどれだけの時間が経っているのかわからなくなっていた。

――ドンッと地面が揺れて、魔法騎士団員たちはざわめく。

「――っさらに数が増えた……！　後方の臨時団員たちに守りを固めるように伝えろ！　それと――王立魔道士団に救援依頼を送っておけ！」

怒号が飛び交う中、魔法騎士団の団長・ラディアンは魔獣を長剣で横薙《よこな》ぎにする。一振りで切り伏せ、後方にいる自分の隊の者に指示を出した。

前方から襲い来る数々の魔獣に思わず舌打ちをし、魔力を長剣に纏《まと》わせて横に一閃する。

広範囲の敵を殲滅するのに適した攻撃だが、魔力切れを起こすのでこの状態を持続する事はできない。

一旦後退するべきか。

ラディアンの頭の中ではじりじりと警鐘が鳴り響いていた。

◇◆◇

前線がそんな事になっているとは露ほども知らず、ベスタは後方支援の隊でティアラと共に過ごしていた。

治癒魔法の使い手であるティアラたちが所属する隊と、ベスタたちの臨時魔法騎士団の後方支援の隊は本来ならば一緒にいる事はない。

しかし、学院の生徒が多いこの隊は、のんびりと物見遊山《ものみゆさん》に来ているような気楽さだった。

「異常事態といっても、こんなものか……」

ベスタが呟いた言葉に、ティアラが反応する。

「いいえ、まだこれからだと思いますよ？」

朗らかに笑うティアラに、男子生徒たちはでれっと表情を緩める。

「ティアラは俺が守るからね」等と話しかけ、ベスタがいるにもかかわらずベタベタと触れている。

「ふふ、ありがとうございます皆さん。私を守ってくれる皆さんの役に立ちますように」

ティアラが両手を組んで祈るように掲げる。何やら呟いた後、神々しい光がふわりと放たれ、生徒たちを優しく包んだ。

ベスタたちは感嘆の吐息を漏らすと、「さすが奇跡の乙女だ」と口々に賞賛した。彼らの瞳は心酔したように蕩《とろ》けている。

「――ティアラ・フローラモ嬢。隊の許可なく勝手に防御魔法を掛けないでくれないか？」

その光景を呆れた表情で見ていた年配の女性が割って入ってくる。彼女も治癒魔法の使い手だ。

「あ……っ、申し訳ございません。アーシャさん……」

「謝って済むような話じゃないんだよ。あたしたちの力は怪我人が出た時のための能力だ。勝手に聖魔法を使用したりして、責任を問われるのはアンタが所属している隊の部隊長だよ」

アーシャが冷たく言い放つ。

緩んでいた空気が一気に冷え始めた。

「なんだ、あのババア……」

「美しいティアラに嫉妬しているんじゃないか？」

「余計な事を言う年増だな……早くどっか行けよ」

周囲がアーシャに文句をつける。

ティアラは、そんな雰囲気にオロオロとするだけだ。ベスタの袖をきゅうと握って目に涙を溜めている。

「――余計な事を言うなよ、女。誰に物を言っていると思っている。ティアラ嬢は奇跡の乙女だ。彼女の慈愛の心をお前ごときが邪魔していいはずがない」

ベスタは目をすぅっと細めると、アーシャを睨み付ける。

アーシャは相手にするだけ無駄だな、とため息を零《こぼ》した。

自分たちのことを歯牙にもかけないその態度を見て、ベスタが怒鳴りつけようとした時だ。

「治癒魔法の使い手は集まってくれ！」

複数の魔法騎士団員が慌てた様子で駆け込んでくる。

次いで、他の団員が周囲にいる後方支援の予備隊に向かって声を上げた。

「後方支援の君たちも即座に戦闘準備に入れ！　魔獣の数が多く、前線の打ち漏らしがこちらに流れてくる可能性がある！」

周囲の雰囲気がぴりりと緊張感を孕《はら》む。

ざわざわと、至る所から戸惑いの声が上がった。

こんなつもりじゃなかった、討伐参加の実績が得られるだけで良かったのに、などと嘆く声が聞こえる中、ベスタは喜びに打ち震えていた。

ここで手柄を立てれば、ティアラの夫だ！

ベスタは複数魔法の同時展開といった大それた事はできないが、火・水・雷の三種類の元素魔法を扱える。

学院では中位魔法はまだ教えてもらわなかったが、自分の武器に元素魔法の効果を上乗せする下位魔法ならば使用できた。

ベスタは震える指先で剣帯に吊るされた剣の鞘をなぞった。自分の口元が吊り上がって行くのがわかる。

「ベスタ様、私は治癒魔法の準備をいたしますので、ここで失礼しますね！」

「ああ、無理はしないでくださいね、ティアラ嬢」

力強く頷き、パタパタと治癒魔法の使い手たちの天幕へ戻るティアラの後ろ姿を見送った後、ベスタはぐるりと視線を巡らせる。

学院生たちは自分たちがいる場所にも魔獣が現れる可能性があると聞いて、どよめいていた。

この、腰抜け共め！

ベスタは心の中で嘲《あざけ》ると、自分の剣に雷魔法を付加していつでも抜けるように警戒した。

周囲を見回すと、後列は動揺が激しく、統率が取れていない。

ベスタのように自分で武器に魔法を付加したりしているのはほんの一握りで、今ここに魔獣が出現したら確実にパニックになるだろう。

魔法騎士団もそれをわかっていたから、臨時の団員は後方支援へ回し、打ち漏らしのないように徹底して戦闘を行っていた。

しかし、数が多すぎたために戦況は徐々に悪化している。

「いいか！　この隊列は徐々に後方へ下がる！　治癒魔法の使用者はこの場で待機、臨時団員たちは小隊ごとに数十メートルずつ後退する！　後退のタイミングは我ら正規団員の増援が来てからだ！　勝手に動かないように！」

再度、魔法騎士団員の声が響き、そこかしこで早く帰らせてくれ！　と喚く声が上がる。

ベスタは治癒魔法の使い手が残るのに、臨時団員である自分が置いて退く訳にはいかないと考えた。

「夫となる私が、ティアラを置いてこの場から逃げるなんてあってはならない……！」

ベスタは、ぐっと剣の柄を握り締める。ティアラの命を守るため、自分もこの場に残って戦う事を決めた。

「——魔道士団の救援はまだか……っ！」

土煙が上がり、視界が悪くなる中、魔法騎士団長のラディアンが叫ぶ。

「先ほどっ、救援要請を送りましたのでっ、そろそろ届いている、かとっ！」

大声で会話をすると敵に自分の居場所を知らせてしまうが、今はそれ所ではない。

そんな事を気にした瞬間に、自分は命を落とすだろう。

それだけ、目の前にいる敵は規格外に強い。

「――魔法騎士団では無理だ、コイツらの相手は魔道士団でないとできない……っ！」

一人ぐらいなら精鋭がいれば倒せるだろうが、複数人出てきたら手も足も出ない。

しかも、相手はこちらの戦力をじわじわ削《そ》ぐ事を楽しんでいる。

一息に致命傷を与えず、じりじりと体力を奪い、魔力を使用させ、力尽きるのを待っているのだ。

――人型の魔物。

この国では魔の者と呼ばれる、知性を持つ人型の敵対者だ。

対峙《たいじ》していた魔の者が、甲高い笑い声を上げながらラディアンに飛びかかった。

◇◆◇

駐屯所のざわめきが大きくなっている。

ベスタは震える手のひらを一瞥《いちべつ》すると、「しっかりしろ！」と剣の柄をぎゅうっと握りしめる。

もし魔獣が現れたとしても、ここには正規団員が複数いる。

後退しろという命令も出ているし、落ち着いて対応すれば大丈夫だ。

ベスタは奮い立たせるように自分に言い聞かせる。

「――ティアラは……無事か？」

治癒を施すため、先ほどティアラは部隊の前方へ向かった。

先ほどまでへばりついていた学院生たちは震え上がり、今やティアラの側には誰もいない。

「これなら、ティアラを独占できるな！」

ベスタはにやと唇を歪ませると、周囲の混乱をいい事にティアラがいるであろう前方へ駆け出した。

「——大丈夫ですよ！　傷は私が治します！」

ベスタの向かう方向からティアラの声が聞こえてくる。

前方に人だかりができていた。

怪我をした団員たちが運ばれて来て、治癒魔法の使い手たちが治癒を行っているらしい。

凛とした表情で団員の治癒を行うティアラを視界に入れて、まるで女神のようだ、とベスタは表情を緩ませる。

ゆっくりとティアラに近付くと、怪我をした団員が呻《うめ》いている。

「——まだ、……っ、前方に怪我をした奴らが大勢いるんだ……っ、くそっ、全員を連れてくるのには時間が……っ」

苦しそうな団員の治癒が終わると、ティアラが立ち上がる。

周囲の人間は何事だ？　と訝《いぶか》しく思うが、誰も彼もが治癒に忙しく、ティアラの行動を注視していない。

そんな中、ティアラはきっと前を見据え、背筋をしっかりと伸ばして声を上げる。

「私が前方へ行って、動けない方に治癒魔法を掛けます！」

ティアラは宣言すると、周りの制止を振り切って駆け出してしまった。

「さすがティアラだ……っ！　さすが奇跡の乙女だ！」

ベスタは興奮のままにティアラを褒め称える。自分はティアラを守ろうと思い、彼女を追うように駆け出した。

二人を止める声がしているのだが、高揚感に支配されたベスタの耳にはちっとも入らない。

「ティアラ嬢！　私が貴女を守ります！」

「――っ！　ベスタ様⁉　ありがとうございますっ」

スピードを上げて前方を走るティアラに追いついた。

ティアラは驚いたようにベスタを見る。

そして嬉しそうに笑い、その後はキリッと表情を引き締めた。「助けなきゃ！」と声を上げて、どんどん前へ進んで行く。

二人が向かっているのは、後方支援の部隊の駐屯地から外れた、現在魔獣の襲撃が起きている中ほどの部隊だ。

ラディアンが中衛と称していた場所で、前線が魔の者と戦うために漏らしてしまった魔獣が何匹も暴れ回っていた。

前方の喧騒《けんそう》が大きくなる。たどり着くと、魔獣を小隊で取り囲み、何とか倒しているような状況だった。

後方からは、ティアラを止めるために複数の団員がついてきている。

その奥からも、混乱して人が進む方について来てしまっている臨時団員が幾人かいた。

このままでは、中衛と後衛が入り乱れ、隊列がぐちゃぐちゃになってしまう。

だが、軍の戦い方など知らないティアラとベスタは好き勝手に動く。

「私は治癒魔法の使い手です！　怪我をした方を治しに参りました！」

ティアラが大きな声で叫ぶと、魔獣と戦っていた団員たちが目を見開く。

「なぜここに来た……！　邪魔だから後方へ退がれ！」

中衛にいた小隊の部隊長だろうか、魔獣と対峙《たいじ》していた団員が、邪魔だと言わんばかりの鋭い声で叫んだ。

「――で、ですが……っ私は治癒魔法の使い手です！　私が皆を治さないとっ！」

ティアラがもう一度大声を出すと、その声に反応した魔獣がティアラを振り返り、ひたりと狙いを定める。

「――くそっ！」

部隊長が舌打ちして魔獣に斬りかかるが、魔獣は軽い動作で切っ先をかわし、唸《うな》り声を上げる。

「――っきゃあああ！」

「ティアラ嬢っ！」

ティアラに襲いかかる魔獣の動きにベスタが反応した。ざっと駆け寄り、腕を伸ばしてティアラを強く押し退ける。

ティアラを魔獣の攻撃から守れたとほっとした瞬間、魔獣の真っ赤な瞳がベスタを見据えた。

「――しまっ」

ベスタは自分の剣で魔獣を攻撃しようとしたが、しかし。

――ぶつん、と鈍く、嫌な音が響いた。

「――え」

ベスタの前に、剣を握り締めた自分の腕がドサリ、と音を立てて落ちる。

ベスタは燃えるように痛む右腕に手を当てて、絶叫を上げた。

焦った顔の部隊長が、さらに攻撃を仕掛けようとしていた魔獣を斬り伏せた。

痛みでのたうち回るベスタを助けるため、部隊長は尻もちをついて泣いているティアラに大声で指示を出す。

「そこの治癒魔法使い、早く治癒魔法を！　まだ落とされてから時間が経っていない！　くっつくはずだ！」

「――腕が……っ、腕が……っ」

ティアラは大粒の涙を零《こぼ》し、呆然としている。

これでは治癒魔法を使うなど無理だ。

どうしたものか、と部隊長は苛立ち、ベスタを他の団員に任せてティアラに歩み寄る。

「――君が勝手に行動したせいでこうなったんだ！　治癒魔法使いなら自分の仕事を全《まっと》うしてくれ！」

泣き続けるティアラを引きずるようにベスタの前に運ぶと、腕を離す。

「まだ魔獣はいる、早く治さないと君も同じ目に遭うぞ！」

部隊長から鋭く叱責《しっせき》され、ティアラは泣きながら両手に魔力を溜め始めた。

◇◆◇

時を遡《さかのぼ》り、魔の者が出現した頃の魔道士団の駐屯地。

ミリアベル専用の天幕の中で、ミリアベルはソワソワと辺りを見回していた。

「何だか、嫌な気配がする……」

上手く言い表せないが、先ほどから空気がピリピリしている気がする。

木々が不穏にざわめき、肌に当たる風が嫌な空気を運んでくる。

ミリアベルが自分の両腕を温めるように擦《さす》ると、天幕の外がにわかにざわめいた。

そのざわめきは不吉な気配を含んでいて、ミリアベルは思わず天幕の入口に駆け寄る。

ばさりと入口の布を開けて外に出ると、ノルトの胸にぶつかってしまった。

ノルトが天幕の入口でミリアベルに声をかけようとしていたタイミングで、ちょうどミリアベルが飛び出したのだ。

「――ひゃあっ！」

「……っ、すまない！　大丈夫かフィオネスタ嬢！」

ノルトは咄嗟《とっさ》にミリアベルを抱き留めると、心配そうに覗き込む。

鼻の頭を打ってしまったミリアベルは、恥ずかしさに頬を染めた。赤くなっているであろう鼻を手のひらで覆い、ノルトに謝罪する。

「す、すみませんスティシアーノ卿……前方を確認せず出てしまって」

「いや、早く声をかければ良かったな、私が悪い。鼻を打っただろう？　大丈夫か？」

ノルトの端整な顔立ちが近付いてきて、ミリアベルは仰け反るようにして距離を取る。

だが、先ほど抱き留めてもらった体勢のままだったので、あまり離れる事はできなかった。

ミリアベルは離れられないのならせめて、と思って必死に顔を逸らす。

「だ、大丈夫ですっ。打ってしまったのも一瞬ですし……それより、スティシアーノ卿。何かあったのですか？」

ノルトははっとして表情を引き締めた。

「――ああ。先行していた魔法騎士団から救援要請が届いた。最悪の事態だ。魔の者が出たらしい。……壊滅する前に、我が魔道士団は魔法騎士団と合流する」

「魔の者……」

ミリアベルがぽつりと呟くと、ノルトは眉根を寄せて頷く。

先ほど感じていた嫌な気配はやっぱり当たっていたんだ。

ミリアベルは唇をきゅう、と噛み締めた。

「大丈夫だ、フィオネスタ嬢。魔の者であっても一人、二人なら私たち魔道士団でどうとでもできる。貴女には怪我一つ負わせないから心配しなくていい」

ノルトはミリアベルを安心させるため、あえて自信ありげに断言する。

ノルトやカーティス、魔道士団の団員たちはとても強いのだ。

ミリアベルが心配しなくとも、皆自分の身は自分で守れるし、ミリアベルを守るくらい造作もないだろう。

だが、ミリアベルはなぜか不安が拭えない。

先ほどから感じるこの不穏な空気は？

木々が、空気が恐れるようにざわめいている気配がする。

何か、とても強大な力を持った者が足元から様子を窺っているような、そんな不安感。

ミリアベルは素直に、自分が感じている気持ちをノルトに伝える事にした。

「スティシアーノ卿……。先ほどから何だか……上手く言えないのですが、空気がとてもピリピリしている感じがするのです。不穏な、何でしょう……不安？　が近付いているような……」

「――それはいつから？」

ノルトは真剣な表情で問う。

こんな漠然とした不安ですら真面目に聞いてくれるノルトに感謝し、ミリアベルは恐る恐る答えた。

「ここに到着して、どれくらい経ったか……私が天幕に入らせてもらって、しばらくしてからです。ふと気づくと、ざわざわし始めたのです」

「……そうするとまだ一時間も経っていないな……魔の者が出てくる前からその予感がしていた、というわけか。……その不安感はまだ続いている？　強くなっている？　それとも変わらない？」

「まだ、ずっと続いています……どんどんその気配が強くなっているように、感じます……」

「――っ」

その瞬間、ノルトは顔色を変えてミリアベルを引き寄せ、自分に風の加速魔法を掛けた。

「――っ!?」

「……っ、カーティスと各部隊長！　このまま私についてこい！　先行して魔法騎士団に合流する！　他の団員は準備ができ次第、随時合流しろ！」

ノルトはそう言い終わるや地面を強く蹴った。

「――ひっ」

「――悪い、フィオネスタ嬢。良くない状況になっているかもしれないから、このまま魔法騎士団が戦闘している場所に突入する。貴女は私の側にいるのが一番安全だからこのまま連れていく。申し訳ない」

ミリアベルはノルトに抱き抱えられたまま、すごいスピードで移り変わる景色に意識を飛ばさないよう、必死に奥歯を噛んで耐えた。

一瞬の浮遊感と地面を蹴る反動が交互に訪れ、ミリアベルはぎゅうとノルトに抱き着いた。抱き締めるノルトの腕に力が籠《こも》る。

背後からはカーティスと部隊長たちが少し遅れてついてきている。

ミリアベルは前方から、先ほど感じていた不穏な空気がビシビシと漂ってきているのを感じた。

不安感は拭えないながらも、今自分が掛けられる聖魔法をノルトたちに掛ける。

「——！　見えた……！　あそこで戦闘をしているのが魔法騎士団の団長・ラディアンだ……！

フィオネスタ嬢、聖魔法を発動する準備を！」

「わ、わかりました……！」

ミリアベルが目を凝《こ》らすと、土煙が見えた。

団服で戦っている人物を捉えたミリアベルは、聖魔法を発動するため、魔力を練り上げ始める。

前線は、魔の者への対応で手一杯のようだ。

ラディアンが、魔の者の魔法攻撃を魔法を付加した剣で防いだ。そのまま魔の者に向かって跳躍し、切り付けている。

「――っ、くそっ」

焦燥感《しょうそうかん》いっぱいの声が微かに聞こえた。恐らくこれが、ラディアンの声だろう。

「フィオネスタ嬢……！　聖魔法を……！」

「は、はいっ！」

ミリアベルは即座に聖魔法を発動する。

すると、真っ白い光が矢のように細く尖《とが》り、その聖魔法にノルト自身が魔法を重ねた。青白い光がパリッと雷のように弾けながらミリアベルの聖魔法に巻き付く。

ノルトが腕を軽く前に振ると、ものすごい速度で魔法が放たれた。

それがまるで矢のごとく飛んで行くと、魔の者が焦ったような表情を浮かべた。回避は間に合わず、魔の者の頭を矢が貫く。

魔の者は絶叫と共にボロボロと崩れていった。

跡形もなく消え去った光景を見て、ラディアンは呆気に取られたように目を見開く。

光の矢の出所を探り、そしてノルトたちの到着を知ってほっとした表情を浮かべた。

「救援要請に迅速に応じてくれて、感謝する」

「ええ。これ以上被害が大きくなる前で良かったですよ」

◇
◆
◇

魔法騎士団と合流したミリアベルと魔道士団は、残っていた魔の者を素早く殲滅《せんめつ》し、被害状況の確認や陣形の組み直しに取りかかった。

ミリアベルは魔法騎士団の団長であるラディアンとの挨拶もそこそこに、怪我人の治癒のため忙しく動き回っている。

ラディアンはミリアベルを眺め、カーティスに呆れた声で話しかける。

「いや、本当に危ない所を助けてもらっておいてあれだが……なんだアレ？」

「あー……、うん……気にしないでもらえます？　もうアレは病気みたいなもんなんで」

へらりと笑いながら、カーティスも同じようにミリアベルを見やる。

そしてノルトがミリアベルの後ろにピッタリとくっ付いて回るのを見て、二人はため息を吐いた。

ミリアベルから片時も離れず、治癒魔法を掛ける度に大丈夫か？　体調は悪くなっていないか？と話しかけている。

初めは全てに返事をしていたミリアベルだったが、ついにおざなりな返事をするようになった。

ノルトは拗《す》ねたように唇を歪めたが、ミリアベルはこちらを指差して何か言っているようだ。

「――邪魔だからあっち行ってろ、とでも言われてんのかね？　おたくの団長」

「あー……うん、でしょうねぇ。治癒魔法を掛けているのを邪魔してるようなもんですから」

ラディアンは、怒った少女にあしらわれている男は本当に自分たちの窮地《きゅうち》を救ってくれた男と同一人物なのだろうか、と不思議な気持ちになってくる。

先ほどはあんなに頼もしく、凛々《りり》しかったのに。

「あいつは、あんな表情もするんだな？　初めて見たぞ」

「俺もですよ。ノルトも初めて尽くしじゃないですかね？」

嬉しそうに笑うカーティスを見て、ラディアンは「ああ、なるほどな」と納得する。

ラディアンとカーティスがまったりと話していると、むすっとした表情のノルトがやってきた。

ラディアンは苦笑しながらもノルトに礼を言う。

「先ほどは助かった、早い到着のお陰で一人も死者が出なかったよ。改めて礼を言おう」

「いや。魔の者をあんなに簡単に倒せるようになったのはフィオネスタ嬢のお陰だからな。礼を言うなら彼女に言ってくれ」

「彼女が？　ただの治癒魔法の使い手ではないのか？」

ラディアンがちらりとミリアベルを見ると、ノルトは無言で頷き、防音結界を張る。

突然そんな事をしたノルトにラディアンは驚きを隠せない。視線で意図を問うと、ノルトは唇に人差し指を当てる。

これは他言無用だ、という事らしい。

「フィオネスタ嬢が作った魔法に、俺がちょっと自分の魔法を融合したんだ」

「は……？　他人の魔法に、融合？　本当にそれができたとしても、魔の者が一撃であそこまであっさりと……」

ラディアンはそこまで言って、はっと表情を変えた。

「――隠している、のか」

「ああ。報告すれば利用されるだろう」

にんまりと腹黒く笑うノルトに、ラディアンは額に手を当てて深くため息を吐く。

「他に知ってるやつは？」

「うちの団員くらいだな……うちはほら、結束が固いから大丈夫だ」

「だから、ラディアンさんもフィオネスタ嬢の事は他言無用でお願いしますよ？」

カーティスの念押しに、ラディアンは嫌そうな顔でわかったよ、と了承した。

全く、勝手に人を巻き込みやがって。

――魔の者が纏《まと》い、操る魔力は〝闇〟に特化している。

人間が持つ事のない魔力だと言われていて、闇の魔力で形成された魔の者や魔物は、正反対の性質の聖魔法が弱点らしい、と近年の研究でわかった。

あのようにあっさりと魔の者を倒せるという事は、ミリアベルは聖魔法の使い手なのだろう。

ノルトが防音結界を張ったのも頷ける。

この事実が周りに知れ渡れば、ミリアベルは教会に所属させられ、奇跡の乙女以上に祭り上げられるだろう。

国に都合のいいように精神を汚染され、ただただ教会の、国のために働く綺麗事を言うだけの人形に作り替えられる。

「――そんなのは奇跡の乙女だけで十分だもんな……」

ラディアンがぼそりと呟いた言葉に、ノルトとカーティスも無言で頷く。

ミリアベルを、人形にはしたくない。

「フィオネスタ嬢、だったか……。彼女の力を隠したい事はわかった。魔法騎士団も協力しよう」

「ああ、ありがたいよ。今回の討伐には厄介なやつも参加してるみたいだし。俺や、カーティスが対応できない時はフィオネスタ嬢を守ってくれ」

ノルトが防音結界を解除した途端に、背後から騒がしい足音が聞こえてきた。

ラディアンがまた魔獣が出たのか？　と振り返ると、部下が真っ青な顔をして駆け寄ってくる。

「だ、団長……っ！　ラディアン団長……っ！　不味いです、うちの中衛と後衛が魔獣の出現で混乱し、隊が入り交じってしまってます――っ！」

「――！　なぜそんな事が起きた！　後方支援のいる後衛には臨時団員が多数いる！　そうならないように指揮を取れる者を配置していただろう！」

ラディアンの怒声はミリアベルが治癒魔法を使用している場所にも響いたようだ。ミリアベルがびくりと体を震わせてこちらを見た。

ノルトはラディアンを一瞥《いちべつ》し、カーティスに告げる。

「任せた。俺はフィオネスタ嬢のところに行く」

「あ、ああ。そうしてやれ。驚かせちゃったみたいだしな……」

ノルトはその場をカーティスに任せた。

――恐らく中衛の救出に行く事になるだろうな。

ミリアベルとベスタの出会いは避けられないようだ。

ノルトは胸中で嫌そうにため息を吐くと、ミリアベルの下へ急いで足を動かした。

◇◆◇

このまま放置していては甚大な被害が出るため、魔道士団も魔法騎士団と共に中衛の救出に行く事になった。

ラディアンとカーティスが前線の部隊を牽引《けんいん》して中衛に戻る最中、ノルトとミリアベルは殿《しんがり》を務めていた。

二人が隊の最後尾を走っているのには理由があった。

ミリアベルを腕に抱えながら、ノルトはミリアベルにしか聞こえないように話しかける。

「フィオネスタ嬢、恐らく魔の者はまだまだ現れると思う。……中位結界を張ってもらえないか？　少しでも奴らの足止めをしたい」

「──わかりました」

ミリアベルはこくりと頷き、手のひらを後方に向けて魔力を集中させる。

膜を張るようなイメージで魔力を張り巡らせると、聖魔法の中位結界が完成した。

「──ん、無事に張れたみたいだな。ありがとう」

「いいえ、とんでもないです」

ノルトは褒めるようにミリアベルの頭を撫でた。だが、背後からヒシヒシと強大な魔力を感じてうっすらと額に汗をかいた。

今までの魔の者と、明らかに力が違う──

ノルトとミリアベルは漠然と嫌な気配を感じながらも、ラディアンとカーティスについていった。


「これは……っ、酷いなっ」

ノルトとミリアベルが追いつくと、中衛の陣形はズタズタにされ、機能しなくなっている。

魔法騎士団の団員は疲弊していて、後衛の臨時団員も混ざっているようだ。

「──何だ、このザマは……っ！　中衛の総括部隊長！　部隊長はどこだ！」

ラディアンが低く唸《うな》り、周りに響く怒声を上げた。

未だ複数の魔獣との戦闘が続いている中、魔法騎士団の団長が現れ、あまりの不手際に激昂《げっこう》している。

その様子が見て取れて、団員たちは戦いながらも、びくりと体を震わせた。

ノルトはミリアベルを離すと、ラディアンを宥《なだ》めるようにあえて気の抜けた声を上げる。

「いやいやいや、待ってくれラディアン。お前の怒りはわかるが、まだ魔獣が片付いてないだろう？」

ノルトの姿に、周囲の団員たちがざわめいた。

「魔道士団の団長だ！」「あの、ノルト・スティシアーノ卿が助けに来てくれた！」と言って、興奮に頬を染めている。

「――これっぽっちの魔獣に手こずるような訓練はしていなかったのに、この体たらくとは……っ！」

「あー……まあ取りあえず片付けてから話をしようか？」

ラディアンは落胆を隠せなかった。

ノルトが慰《なぐさ》めるようにラディアンの肩をポンポンと数度叩き、両腕を広げる。

「雷で消し炭にするぞ」

ノルトはそう零《こぼ》すなり、一瞬で雷を纏《まと》った光の矢を出現させる。

そして腕をひょいっと軽く動かすと、光の矢はものすごい速度で飛んで行った。

「――うわっ！」

「やべぇっ」

周囲がざわざわし始める。

光の矢は寸分の狂いもなく魔獣の頭を貫通すると、ぱっと弾けるように消失した。

雷に体内を焼かれた魔獣たちは断末魔を上げる暇もなく焼け焦げた。炭になった体がボロボロと崩れて散っていく。

ノルトたちが中衛に到着してまだ数分。

手こずっていた魔獣たちが一瞬で倒され、魔法騎士団の団員たちはノルトに畏敬《いけい》と憧憬《しょうけい》の眼差しを向けている。

ノルトはラディアンをちらりと見た。

「――で、団長さん。早く現状の把握と収束に動いた方がいいんじゃないか？」

「くそっ、お前はいつも派手な真似をする……っ。でもまあ、ありがとな」

ラディアンはぶつぶつと呟きながら、ぶっきらぼうに礼を告げた。そしてすぐに背を向け、中衛の総括部隊長の下へ荒っぽい足取りで向かった。

その様子を、ミリアベルはぽかんとして見つめていた。

つい独り言を漏らす。

「――すごい……っ、あれが、スティシアーノ卿のお力なんですね……」

「んー……、ノルトはまだまだ本気ではないけどね……あれくらいだったらフィオネスタ嬢にもできちゃうよ」

ノルトを見ながら、カーティスがそっと隣に立つ。

「派手な魔法に見えるけど、あれは雷魔法を矢の形に発現させて、さらに雷を纏《まと》わせただけだ。それがわかれば誰にでもできるよ。フィオネスタ嬢の場合は、灼熱《しゃくねつ》の矢に炎を纏《まと》わせる、とかかな？」

まあ、それが恐ろしく面倒くさくって難しいんだけどね！　とカーティスは笑っている。

ミリアベルはへにょりと眉を下げた。

「できませんよ、そんな事！」

「まあ、とりあえず俺たちは魔法騎士団から離れた所で休もうか。これからの事は、ノルトとラディアン団長が話し合って決めるでしょ」

カーティスは休憩場所を確保するため、魔道士団の団員に指示を飛ばす。

すぐに天幕やテーブル、椅子等がてきぱきと設置される。

ミリアベルは慣れた様子の団員たちを呆気に取られた表情で見つめた。

そうして魔道士団が休憩所を作っていた時、突然後ろの方でぶわりと聖魔法の魔力が膨らみ、周囲を眩《まばゆ》い光が覆った。

しばらくしてその光が収まると、大歓声が聞こえてきた。

いったい何が起きたのだろう。

カーティスも訝《いぶか》しんでいる。ミリアベルに歩み寄ると、二人で声の方向を見た。

「何事だ……？　ものすごい馬鹿騒ぎだな……？」

「え、ええ……。何だか、あちらの方向で、誰かが聖属性の広範囲治癒魔法を使用したみたいですね？　それで、歓声が起こったのかもしれません……」

「ああ、なるほど……広範囲に及ぶ治癒魔法は発動が難しいからこんな馬鹿騒ぎになってるのか……だが、魔法騎士団の連中はそれくらいで騒がないだろ、何かあったのか？」

カーティスは不思議そうにポリポリと頭をかいている。

確かにその通りだ。

聖属性の広範囲治癒魔法を発動するのは難しい。しかし、戦闘や治癒に慣れた魔法騎士団の面々がそれくらいでここまで騒ぐとは思えない。

そうすると、何か違う理由があるのだろうか？

ミリアベルが考えていると、先ほどラディアンと共に中衛に向かったノルトが戻ってきた。

その表情は歪んでいて、何やら怒っているようだ。

「スティシアーノ卿……？　怒っていらっしゃるみたいですが……どうしたんでしょう？」

「あー……何か厄介な事が起きてるんだろうね……」

ああ、面倒くさい。とカーティスが投げやりに呟きながら、団員たちに持ち場に戻るよう告げた。

◇◆◇

ノルトはうんざりした表情で戻ってきた。

「やっぱり、馬鹿共がやらかしたようだ。勝手に持ち場を離れたティアラ・フローラモが魔獣に襲われて、それをベスタ・アランドワが庇って大怪我を負ったみたいでな……。ベスタ・アランドワを含めた怪我人をティアラ・フローラモが広範囲治癒魔法で治して、学院の生徒たちが奇跡だ何だと騒いだのがこの騒動の顛末《てんまつ》みたいだ。ラディアンが事態の収拾に奔走してるよ」

「なるほど……ということは、隊列をぐしゃぐしゃに乱したのもティアラ・フローラモか？」

カーティスが口元を歪めてそう聞いた。

ノルトは面倒くさそうにため息を吐いて肯定する。

「ああ、そうみたいだ。後方にいるべき治癒魔法の使い手が、独断で中衛に乱入した事で隊列がめちゃくちゃになったらしい。大迷惑だ」

ノルトが疲れたように項垂《うなだ》れ、ミリアベルはコーヒーを手渡した。

「お、お疲れ様です。スティシアーノ卿……」

「ああ、ありがとう、フィオネスタ嬢」

ノルトは微笑んでカップを受け取った。「和《なご》むな」と思いながらミリアベルの頭を撫でる。

「これから、どうなるんでしょう……」

ノルトが答えようとした時、男の尖《とが》った声が響いた。

「ミリアベル……！　なぜお前がここにいるんだ！」

「――え」

ミリアベルは、良く聞きなれた男の声にびくりと肩を震わせ、振り向く。

そこには、憎しみを顕《あらわ》にして、射殺すような眼差しでミリアベルを睨み付けるベスタがいた。

隣にはティアラがぴったりと寄り添っている。

「ベスタ様、なぜここに……」

ミリアベルの声など聞こえていない様子で、ベスタは足を踏み出す。

突然の邂逅《かいこう》に動揺したミリアベルを安心させるように、ノルトが肩を抱き寄せた。「何の用だ」と冷たく言い放つが、ベスタは尚もミリアベルに詰め寄る。

「まだ私に執着しているのか……！　もうお前の事など愛していないし、私たちの婚約は白紙に戻った！　それなのに、未だに私を付け回すなど……迷惑だ！　私が嫌がっているのがわからないのか！　私は、ティアラ嬢を愛しているんだぞ、お前ではなく、ティアラ嬢が！　私の！　妻になるんだ！」

ベスタが興奮したように叫ぶ。

ミリアベルを罵《ののし》る言葉に我慢できず、ノルトは肩を抱いた手に力を篭めた。

「――何を勘違いしているのかわからないが、フィオネスタ嬢はうちの、王立魔道士団の正式な団員だ。彼女はこの討伐の間、一言も君の名前を出した事はないが……？　自分のやるべき事をしっかりと把握し、我々に協力してくれている」

「ス、スティシアーノ卿……!?」

ノルトにぐいっと肩を引き寄せられ、抱き締められるような体勢になってしまった。ミリアベルは頬を赤らめると、慌ててノルトを見上げた。

「――っ、スティシアーノ卿……っ！　その女は、か弱いティアラ嬢を傷付け、平気な顔をしていた女です……っ！　貴方はその女に騙されているんです！」

ベスタが言っている事はめちゃくちゃで、ミリアベルも、ノルトも、カーティスも呆れを隠せない。

ノルトがぽつりと「これだから信者ってやつは厄介なんだ……」と呟いた。

ミリアベルがその言葉の意味を尋ねる前に、ノルトはベスタに話しかけた。

「……ベスタ殿、貴殿は私が作成した資料を確認したと思うが、まだそんな考えでいるのか？　魔道士団団長である私の結論が、間違っていると？　私の能力を疑っている、という事か？」

低く呻《うめ》くようなノルトの声に、ベスタはびくりと恐怖に体を震わせた。視線を彷徨《さまよ》わせ、口調にも焦りが表れている。

「い、いえ……っ。違うのです……スティシアーノ卿も、恐らくその女に騙されたのでしょう。それ程その女は人を手玉に取るのが上手く、……あ、阿婆擦《あばず》れなのです……！」

ベスタはどんどん墓穴を掘っていった。

「――伯爵令嬢へのその言葉、聞き流すわけにはいかないな。カーティス、証人に。……君はもうすぐ正式に貴族ではなくなるな？　ただの平民が貴族にそのような態度……許される物ではない。それに、フィオネスタ嬢を貶《おとし》める言葉をこれ以上聞くのは耐え難い」

ベスタはどんどんと墓穴を掘り、ついには汚い言葉を口にする。

ノルトはミリアベルをさらに強く抱き寄せ、ベスタの言葉が耳に入らないように彼女の耳を手のひらで覆う。

ノルトから鋭い視線で睨まれ、ベスタはやっと自分の失言に気が付いた。何とか言い訳をしようと言葉を探すが、何も思い付かない。

すると、それまで黙って成り行きを見守っていたティアラが口を挟んでくる。

「えっと、スティシアーノ卿がなぜそこまでお怒りなのかわかりませんが、私たちは味方同士です。喧嘩はやめて、一緒にこの先の事を考えましょう？　大事なお仲間同士、お互いに協力して、討伐任務を成功させなくては……っ！」

「――ああ！　ティアラ嬢！　何て心優しい女性なんだ……！」

ティアアラの的外れで、無責任な物言いに、ノルトはぷつりと頭の中で何かが切れた音を聞いた気がした。

「――この討伐任務をめちゃくちゃにして、怪我人を増やした張本人が何を言う……！　何が奇跡の乙女だ、周りの者を混乱させ、余計な怪我人を出し、隊列を乱し、そのくせ何も責任を感じていないその態度、どうにかならないのか!?」

ノルトの怒声に、ミリアベルも反射的にびくりと震えた。

ノルトの怒りに呼応して、彼の魔力がビリビリと周囲に広がっているのだ。

付き合いの長いカーティスさえ目を伏せているし、直接怒りをぶつけられたベスタは真っ青になって震えている。

だが、ティアラはノルトの怒気などものともしない。きょとんとした顔で首を傾げながら、ノルトに言い返した。

「――？　私は、自分の使命に従い、皆さんをお助けしました。隊列が乱れてしまったのは、訓練不足であった魔法騎士団の方々の責任ではないでしょうか？」

ティアラはさも当然、とばかりに言うと、ベスタににこりと微笑む。

「それに、怪我人が大勢出ても私が全員治します！　ベスタ様も、腕が取れちゃいましたけど、無事治ったでしょう？　命さえ落とさなければ、四肢が欠損しようと、何度でも治してさしあげますから、大丈夫です！」

本当にそう思っているのだろう。無邪気な笑顔で残酷な言葉を紡ぐティアラに、ノルトはうすら寒くなった。

――気色が悪い。

ノルト・スティシアーノは奇跡の乙女であるティアラ・フローラモをそう断じた。

◇◆◇

ノルトがティアラと初めて会ったのは、二年前の大規模な軍事演習だった。

魔法騎士団と王立魔道士団の模擬戦が予定されていたため、治癒魔法の使い手を数人、演習場所に控えさせていた。

当時、既に団長であったノルトももちろん参加していた。

そこで、奇跡の乙女と騒がれていたティアラと挨拶を交わしたノルトは、決められた事しか言わないティアラにぞっとした。

まだ十四、五歳の少女が瞳に何の感情も乗せず、作られた笑顔を浮かべているのが気持ち悪くて、ノルトは挨拶もそこそこにティアラから離れた。

家庭環境が特殊なのか？　と思ったが、蓋を開けてみればなんて事はない。

〝奇跡の乙女〟は作られた信仰の対象だった。

ティアラはその軍事演習の間中、ずっと国王の隣でニコニコと笑みを絶やさず、激しく戦う兵士たちを見ていた。

怪我人が出れば笑顔で治癒を行い、また観覧に戻る。そして怪我人が出ればまた治癒をして、の繰り返し。

疲れも感じさせず、血や骨に眉を顰《ひそ》めもせず、笑顔で治癒を行う奇跡の乙女に、魔法騎士団の団員たちも、魔道士団の団員たちも違和感を抱いていた。

そして、奇跡の乙女は国が意図して作った存在だと教えてくれたのは、当時十四歳だった第三王子だ。

ノルトの母親と第三王子の母親は姉妹で、その子供同士であるノルトと第三王子は幼少時から遊び相手となっていた。

ノルトが成人し、魔道士団に入団してからは中々会う機会がなかったのだが、軍事演習の時にこっそりと教えてくれた。

何のために奇跡の乙女を作ったのかは知らないが、ろくでもない事に利用しようとしているのは明らかだ。

それからノルトは第三王子と組み、国の――国王の動向を探っている。

◇◆◇

ノルトはティアラとこれ以上会話を続けるのは無理だ、と判断してベスタへと視線を向ける。

「――もう、いい。これ以上ここで話すのは無意味だな。ここは、王立魔道士団の陣営だ。君たちがいるべき場所ではないからさっさと魔法騎士団の後方支援の部隊に戻れ」

「――スティシアーノ卿！　ミリアベルをこの討伐同行から外してください！　この女の顔を見るだけで虫唾《むしず》が走る！　もしかしたらティアラ嬢にまた害をなすかもしれない！　早く追い出してください！」

未だにめちゃくちゃな事を叫ぶベスタに、ノルトはいい加減我慢の限界が訪れた。

ノルトは、自分の腕の中のミリアベルに視線を向ける。

「――フィオネスタ嬢、ベスタ殿はこのように言っているが、本当にまだ彼に未練があるのか？　いつまでも勘違いしているこの男にはっきりと言えばいい」

ノルトにそう言われて、ミリアベルはベスタに冷たい視線を向ける。

先ほどから散々勝手な事を喚き、魔道士団の団員の邪魔をし、さらにはノルトに無礼な態度を続けるベスタに、ミリアベルは心の底から幻滅した。

以前自分が慕っていたベスタ・アランドワという人間は完全に消えてしまったのだと、とても悲しい気持ちになる。

「――私が慕っておりましたベスタ・アランドワという男性はもうこの世に存在しません。そこにいる男性にちっとも興味はありませんし、未練などもちろんございません。むしろ、視界に入れたくない程の嫌悪感があります。二度と私の前に現れないでください」

ベスタは唖然としている。

数秒してやっとミリアベルの言葉の意味を理解したのか、顔を真っ赤にして騒ぎ始めたが、ノルトが団員につまみ出させた。

魔道士団員にぐいぐいと背中を押されながらも、ベスタは未だにちらちらとミリアベルを振り返り文句を言っている。

ティアラはもうこちらに興味はないようで、心配そうにベスタを見つめていた。

「――？　何なんだ……？」

ノルトは、ティアラの態度に若干の引っ掛かりを覚えるが、それが何だかわからない。

ベスタにはあれ程心を砕き、寄り添っているが、他の人間――ティアラを好意的に思っていない者には驚く程無頓着《むとんちゃく》だ。

ベスタにだけ反応し、他の事には無反応。

これではまるで……とノルトが考えていた所で、ミリアベルが心配そうに話しかけてきた。

「スティシアーノ卿……？　大丈夫ですか」

「え、いや、ああ。すまない、大丈夫だ」

ノルトがミリアベルの頭を撫でると、カーティスが大きなため息を吐いた。

「ほんっとうに奇跡の乙女には話が通じないなー！　何か年々酷くなっていってねーか？」

あー、気色悪ぃ、と自分の体を抱き締めるカーティスに、ノルトも確かにそうだと考える。

二年前に見た時は、表情は今と変わらなかったが、まだ会話が成り立っていたように思う。

それからも時々討伐任務で姿を見掛けたが、団員との会話もそれなりにできていたし、突飛な行動はしていなかった。

今回のように近くで確認した事ではないので、以前から周りに迷惑を掛けていた可能性もないわけではない。

しかし、こんな大きな事を仕出かしてはいなかったはずだ。

年々、奇跡の乙女として完成されていくティアラ。

これではまるで何かのための〝贄《にえ》〟のようだ。

ノルトははっと目を見開くと、道の先を見る。

視線の先には先ほどの激しい戦闘の跡が続いており、今回の討伐任務では予想以上に敵が多かった事を示している。

「――……っ、カーティス！　ラディアンと話をするからお前はフィオネスタ嬢に付いていてくれ」

何かを思い立ったようにノルトは立ち上がると、ラディアンのいる方へ歩きだす。

「えっ、またあっちに⁉」

「えっと、スティシアーノ卿。アルハランド卿もお連れになった方がいいのではないでしょうか？何か大切なお話があるのですよね？」

カーティスとミリアベルが戸惑いの声を上げた。

ノルトは首を横に振ると、ミリアベルの提案を断った。

「いや、私が側にいられない間はカーティスを必ず君に付けておく。何かあってからだと遅い。未然に防げる事は防いだ方がいいからな」

「だ、大丈夫ですよ！　アルハランド卿がいない間は攻撃を弾く結界を張っておきますし、大切なお話をするのであれば、アルハランド卿も同席した方が絶対にいいです！」

これはもっともな意見だったので、ノルトは一瞬言葉に詰まってしまう。

その隙を見逃さず、ミリアベルは畳みかけるように続けた。

「ご不安でしたら、私は他の団員さんがいるここから動きません。今回の討伐任務、何かおかしい、と感じていらっしゃるのですよね？　でしたらアルハランド卿も一緒にお話しした方がいいと思います」

「——わかった……。だが、すぐに戻るから君は絶対にここから動かないように。——誰か、フィオネスタ嬢に付いていてくれ！」

ノルトは諦めて折れ、ミリアベルに手を伸ばして頭を撫でる。

その後団員に声をかけると、体を翻《ひるがえ》した。

「すぐ戻るから、戻ったら皆で夕食にしよう」

◇◆◇

ミリアベルはノルトとカーティスを見送った後、他の団員たちと談笑していた。

国のエリート集団である魔道士団の団員に、魔法や討伐の事を聞くのはとても贅沢《ぜいたく》な時間だ。

さすが、王立魔道士団だわ……！

知識の幅が広いし、魔法への理解が深くて勉強になる……！

興味深く話を聞いていると、自分が張った中位結界に突如ヒビが入ったのを感じた。

え、と思う暇もなく。

――ぱりん、と頭の奥で魔法が割れたような感覚がして、ミリアベルは勢いよく立ち上がった。

道の先をひたりと見据える。

「――フィオネスタ嬢？」

ミリアベルのただならぬ様子に、周りにいた団員たちが立ち上がった。ミリアベルの前に、自分たちの体を盾にするように移動する。

「どうしました？　……何か、感じましたか」

団員の一人にそう問われ、ミリアベルは背中を嫌な汗が伝うのを感じ、こくりと頷いた。

「ええ。――恐らく、中位結界が破壊されました……」

ここに来る前に、ノルトとミリアベルは最後尾を走り、背後に聖魔法の中位結界を張った。

中位結界は、魔獣や魔物、下位の魔の者では破る事は難しい。

それが、簡単に破られた、という事は。

明らかに今までよりも力のある敵、恐らく上位の魔の者がこの駐屯地に向かっている。

その事を理解したミリアベルはさあっと血の気が引いた。

中位結界よりもさらに上位の結界を張った方がいいだろうか。

ミリアベルが考えている事がわかったのか、団員は難しい顔をしていた。

「フィオネスタ嬢、これ以上上位の魔法を使用すると、教会と国に勘付かれます。今、団長へ急ぎ知らせを送りましたので、団長が戻るまで待ってください」

「――ですが……っ」

ミリアベルは、破られた結界の隙間から〝とてつもなく恐ろしい者〟の気配を感じている。体が震えているのが自分でわかる程だ。

ミリアベルの尋常でない怯え方を見て、魔道士団の団員は奥歯を噛み締めた。ノルトが間に合わない可能性を考慮し、腰に下げていた剣の柄に手を掛けると、一息に引き抜く。

気配がどんどん近付いていている。

ミリアベルはなぜか「このままでは全滅する」という予感がして、頭の中が真っ白になってしまった。

国や教会に見つからないようにと言っても……っ、全滅してしまったら元も子もない……っ！

ステイシアーノ卿が戻ってくるのを待っていたら、手遅れになるかも……

どうしよう、上位結界を発動してしまおうか。

ミリアベルを守ってくれている団員たちも、近付いてくる得体の知れない気配に気付いているようだ。青い顔で、それでも各々臨戦態勢を取っている。

しかし、どんどん近付いていたその気配が、ピタリと止まった。

「——え？」

「なん、だ……？」

気配が突然動かなくなった事に、ミリアベルも団員たちも困惑する。

様子を窺うような、どこか余裕のある気配の動き方にミリアベルが眉を顰《ひそ》めた瞬間、背後からノルトの声が聞こえた。

「——フィオネスタ嬢……っ、大丈夫か⁉」

ぶわりと風が吹き荒れ、収まると同時にミリアベルに寄り添うようにノルトが降り立つ。

また、風魔法で戻ってきたのだろう。

ミリアベルは、ノルトが隣にいる安心感でふにゃりと表情を崩した。

「この気配、ずっとフィオネスタ嬢が危惧していたものか……？」

「もしかしたら、そうかもしれません……前回感じた物にはここまでの恐怖や畏れを抱かなかったのですが……」

「結界が破られた、か――」

ミリアベルはこくりと頷く。

聖魔法の中位結界をあっさりと壊した相手だ。

今まで相手をしてきた魔の者とは明らかに違う。

ノルトは団員にラディアンを呼ぶように命じると、気配の方向へ改めて視線を向ける。

「――なぜ仕掛けて来ないいんだ……？　一定の距離から近付いてこないな」

「ええ、そうなんです……スティシアーノ卿がこちらに戻られる前から一定の距離を開けていて、近付いてきません」

不思議そうに言うノルトに、ミリアベルも腑《ふ》に落ちない、といったように返す。

ノルトとミリアベルが顔を見合わせた時、その気配が突然霧散した。

「――は？」

「えぇ……？」

まるでこちらの反応を楽しむように、からかうように、その気配は跡形もなく消えて、周囲には静寂が訪れた。

背後からはラディアンが近付いてくる音がして、ノルトとミリアベルは何とも言えない不安を覚えながら視線を交わした。

――得体の知れない者がいる。

ノルトは、駆け付けたラディアンにそう告げた。

ラディアンはぽかんとしながら「……は？」とだけ口にした。

「――説明しづらいが俺も今まで感じた事のない気配だった」

ノルトと、ラディアン、カーティスが話し合う場にミリアベルも同席して、先ほどの気配について報告する。

「魔道士団の団長ですら過去に感じた事のない気配、というのはかなり大事じゃないのか？」

「ですねー……。ノルトですらわからない……となると防ぐのは厳しめかな？　ノルト、行けそう？」

ラディアンの言葉にカーティスが答え、最後はノルトに問いかける。

ノルトの力があれば抑えるか、倒すかできるか？　という意味合いだ。

ノルトは自分の顎に手を当てた。

先ほどの気配から読み取れる魔力の流れからして、相手はかなりの力を持っている。

果たして、自分が全力で戦ったとしてその気配の主を倒せるかどうか――

そこまで考えて、ノルトは首を横に振る。

「すまない、わからない――。あっちにはまだ余裕がありそうだったし、今測れる力量が本当なのかもわからない……。判断がつかないな」

まあ、フィオネスタ嬢の力を借りれば抑える事も倒す事も可能だろうが……

今この段階で彼女の力をバラしてしまってもいいものか。

ノルトは自分が感じた事を素直に告げ、そしてミリアベルの事を考える。

もし、これがミリアベルの力を狙った襲撃なのだとしたら？

元々仕組まれていた事なのだとしたら？

だとしたら、最悪の事態は避けたい。

「お前にも判断できない程、危険って事だな。大規模な討伐の隊列はやめて、実力のある者だけで隊列を組み直して他は帰らせるか……さっきみたいになったら隊が混乱して邪魔だしな」

ラディアンが今後の魔法騎士団の動き方を考え始める。

隊列を組み直す、そして実力の無い者たちは帰すという判断に、ノルトとカーティスは大きく頷く。

「――ああ、その方がいい。これからは死傷者が発生する可能性もあるしな。隊列を組み直すなら、今後はうちが先鋒を担おう。魔道士団は精鋭部隊だから、混乱する事はないだろう」

「そうだな……」

ラディアンがノルトの提案に同意した。

カーティスも頷くと、その後三人はミリアベルを見据えた。

「――っ、え、え？」

「フィオネスタ嬢には、なるべく魔道士団の後方で隠れていてもらおう。治癒魔法の使用も、中位までに絞ってくれ」

「うんうん、フィオネスタ嬢は取りあえず隠して行く方向で考えよっか」

「うちは魔道士団の考えに従おう。臨時隊員たちは帰らせるし、治癒魔法の使い手たちも後方から動かないよう見張らせる」

ミリアベルが戸惑っている内に話はまとまったようだ。

ノルトとカーティス、ラディアンは団員たちに今回決まった事を伝えるために動き出す。

ラディアンは急ぎ魔法騎士団の団員が集まる場所へ戻り、カーティスは魔道士団の面々を集めている。

ノルトは不安そうにしているミリアベルの隣に来ると、柔らかい視線を向けた。

「当初とは計画が変わってしまったが、心配しなくても大丈夫だ。……もし、もし万が一なんだが」

ノルトは言い淀んだが、ミリアベルにしっかりと視線を合わせる。

「もし、万が一フィオネスタ嬢の身に危険が迫って……私や、カーティスがいなかった時は、自分の身を守るために上位結界を使用してくれ。最高位結界でも何でもいいから、とにかく命を落とさないように。その後は、団員の指示に従い、討伐から離脱してくれ」

「それ、は……スティシアーノ卿も、アルハランド卿もいないって……」

ミリアベルはくしゃりと表情を歪めて言葉に詰まる。

ノルトがここまで心配する程の、危険な相手が出てきたという事なのだろう。

先ほど、自分たちと一定の距離を空けてこちらを窺っていたあの不穏な気配が浮かんできて、眉を顰《ひそ》める。

ミリアベルがノルトに激励《げきれい》の言葉を紡ごうとした瞬間、ラディアンの怒声が再度この場所まで響いてきた。

「お前たち――っ、俺の言葉が通じないのか！　臨時団員は帰宅しろと言っているのに、なぜ命令に従わない……！」

ミリアベルたちは何事かと視線を向ける。

後方支援の臨時隊員たちがなぜかラディアンを囲み、不躾にも何か意見をしているようだ。

その中心にはティアラ、ベスタの姿も見え、ミリアベルとノルトはそっと目を逸らす。

「――フィオネスタ嬢、我々は休憩しつつ今後の事について相談しようか。あちらの騒ぎはラディアンに任せておけばいい」

ノルトは騒ぎにくるりと背を向けると、ミリアベルの背中を押して魔道士団の休憩場所に向かう。

「え、え……、でも大丈夫でしょうか？　あちらの団長様は……すごく揉めているようですが……」

「団員の事は団長であるアイツが処理すべきだ。俺たちには関係ない、大丈夫だ」

ノルトはミリアベルの前では使わなかった「俺」という一人称を思わず使用してしまう程に気もそぞろになっているらしい。

早くあちらの騒ぎから離れたい、とぐいぐいミリアベルを連れていく。

「あー……でも、うわ、ラディアン団長めちゃくちゃこっち見てるぞ」

隣を歩いていたカーティスが背後を見つつ、そう言う。

「目を合わせるな、何で俺たちがあんな連中の面倒まで見なきゃいけないんだ。自分の団の事は自分で何とかしろ！」

「ラディアン団長に直接そう伝えればいいんじゃねーの？　ほら、こっちに来そうだし」

「ふざけるな……っ追い返せ！」

いやいや、俺には無理でしょー、とカーティスが呑気に答える。

ノルトはざかざかと歩くスピードを上げた。休憩場所にたどり着くと、ミリアベルを座らせ、自分も隣に腰を下ろす。

「こっちはこっちであの気配について話し合いたいんだから、ラディアンが来たら追い返せ」

ノルトがしっし、と手を振りながらそう言うが、カーティスは面倒くさそうに溜め息を吐く。

「あー……ラディアン団長だけでなく、なぜかまた奇跡の乙女とベスタ・アランドワ、他数人が引っ付いてこっちに来てるけど、どうする？」

カーティスの言葉に驚いて、ミリアベルもノルトもついついそちらを見てしまった。

すると、ミリアベルが討伐に同行している事を知らなかった学院の生徒たちが眉を顰《ひそ》める。

「なぜ、捨てられた女がここにいるんだ？」

「もしかしてティアラ嬢に何かしようとして潜り込んだんじゃ……」

「なるほど、それで魔道士団に捕まっているのか、それなら納得だな！」

彼らはミリアベルを馬鹿にし、心ない言葉を吐いた。

ノルトは臨時団員たちを連れてきたラディアンを睨み付けるが、ラディアンはゲッソリした表情で静かに首を横に振った。

「駄目だ、会話が成り立たない……襲われ、興奮状態に陥り、奇跡の乙女の信者と化したあいつらには奇跡の乙女の言葉しか通じないんだよ……。無理矢理追い出そうにも、奇跡の乙女が首を縦に振らない」

「そんな状態の人間がいる事はこの討伐任務にとって致命的じゃないのか？　暴徒化したらどうする？　討伐は、遊びじゃない。命の危険があるのに、諦めるのは団長としていかがな物かと思うが……？」

ノルトは冷たく、低い声音でそう呟くとラディアンを鋭く睨み付ける。

ラディアンは髪をぐしゃぐしゃとかくと、ティアラに命じた。

「奇跡の乙女、こいつらを帰らせろ！　これ以上ここにいると危険なんだぞ？　お前は自分の学友が命を落としてもいいのか？」

ティアラは一瞬きょとんと目を瞬かせたが、すぐににっこりと笑う。

「私がいますので、そんな事にはなりません。たとえ大きな怪我を負っても、必ず私が治しますし、この魔法騎士団の皆様が守ってくださいますもの。それに、私は大好きな皆さんが一緒にいてくだされば心強いです！」

にこにこと笑いながらそう言うティアラに、ベスタと学院生たちはだらしない表情をしている。

まるで洗脳のようだ、とノルトは考えてしまった。

信者から狂信者、狂信者の次は何になるのだろうか。

ノルトは諦めて深く溜息を吐くと、「もういい」と呟いた。

「ラディアンだけこちらに」

ラディアンを呼び、ノルトとカーティス、ミリアベルの輪の中に入れると、小さな声でこれからの事を話し始める。

「今後の討伐については俺たち魔道士団が全部受け持つ。お前は、あの奇跡の乙女と信者たちを絶対に前線に来させるな……力ずくでもあいつらを抑えろ。奇跡の乙女以外には何をしてもいい」

聞いたこともないノルトの冷たい声に、ミリアベルがびくりと震える。

ノルトは苦笑して、安心させるようにミリアベルの肩を撫でた。

いつも頭を撫でてくれるのと同じ優しさを感じ、ミリアベルはほっと息を吐く。そうしてラディアンは大丈夫だろうかと、そっと視線を移した。

強い視線で射貫かれたラディアンは、ノルトの怒気に当てられたのか、真っ青になってこくこくと頷いている。

「あーあ……とうとうノルトを怒らせちまったな……俺知らね」

そんな中、無責任なカーティスの言葉が響いた。


その後、ティアラ一行は自分たちも前線に配置しろと騒ぎ出した。

このままでは今後の対処についての会議もできない事から、ノルトは強制的に彼らを眠らせ、ラディアンに預ける。

「ラディアン……今回の件は陛下に報告しておけよ――無意味かもしれないが。それと、第三王子にも報せを送っておいてくれ」

「あ、ああ。わかった」

「その馬鹿共が話した言葉を、一言一句漏らさずだぞ」

「第三王子にもか？」

ラディアンが戸惑いを顔に浮かべてノルトに聞いてくる。

ノルトは深く頷いた。

「ああ。王族の事は王族に探らせた方がいいだろう？」

含みのあるノルトの言葉に、ラディアンは緊張した面持ちで頷いたのだった。

◇◆◇

ラディアンがティアラやベスタたちを何とか魔法騎士団の陣営に連れ帰った頃には、すっかり日が沈み、辺りは真っ暗になっていた。

魔道士団の団員たちが炎魔法で光源を作り、周囲を明るく照らしてくれている。

視界はクリアにしておけ、とノルトが指示を出したため、今回の魔道士団の陣営はいつも以上に明るく保たれているらしい。

陣営の周囲には獣避けの魔道具も置いてあり、それぞれの団員が休む天幕にも魔道具で簡単な防御結界が張られている。

ミリアベルが自分の天幕を用意してくれた団員たちにお礼を伝えていると、ノルトが手招きをしているのが見えた。

「スティシアーノ卿？　何だろう……？」

ぽつりと呟き、駆け足で向かう。

ノルトの側にはいつも通りカーティスがいて、二人が着いているテーブルには夕食の準備が整っていた。

「フィオネスタ嬢、遅くなってしまってすまない。お腹が減っただろう……夕食を準備させたからいただこう」

「えっ！　いつの間に……？　私もお手伝いしましたのに……！」

「フィオネスタ嬢が作ってくれた夕飯は絶対美味しいんだろうなぁ、野郎が用意した飯より可愛い女の子が用意してくれたご飯を食べたいわ」

お世辞だろうが、カーティスが残念そうにそう呟く。

ミリアベルは恥ずかしそうにはにかむと、明日の朝はお手伝いしますね、と言った。

「フィオネスタ嬢が用意してくれた朝食なら、俺も楽しみだな。そうだ、君が料理をするのなら俺も手伝うか……」

ノルトがスープの器に手をかけてそう言うと、カーティスがぎょっと目を見開く。

「いやいやいや、ノルトは手伝わなくていい。本当に大丈夫だ、食材を無駄にするな。な？　頼むよ」

「食材を無駄、とはどういう意味だ？　俺は今までだって無駄にした事などないだろう？」

むっとしたように眉根を寄せ、唇を尖らせるノルトに、ミリアベルはついつい笑ってしまった。

先ほどまでのギスギスした雰囲気が嘘のようになくなっていて、和《なご》やかに食事を楽しむ事ができる。

恐らく、ミリアベルのためにあえてそうしてくれているのだろう。

騒ぎを起こした者たちは話題に上がらない。自分が眠りに就《つ》いた頃に話し合いが行われるのだろうか。

そう考えるとミリアベルは暗い気持になってしまったが、何とか笑顔を保つ。気を遣ってくれるノルトとカーティスに感謝しながら料理を口に運んだ。

ミリアベルが食後のホットミルクを飲みながら一息着いていると、ノルトがこの後について話した。

「フィオネスタ嬢は先に寝ていてくれ。周辺、特にあの気配がした方向を後で調べてみるつもりだ。出立は早朝、日の出と共にここを発つから、少しでも睡眠を取って体の疲れをとっておいてくれ」

ノルトはぐっ、と座ったまま伸びをすると、カーティスからグラスを受け取る。

二人にはまだまだやる事があるのだろう。

自分がいつまでもここいては、仕事の邪魔になってしまう。

「わかりました。それではお言葉に甘えて、お先に休ませていただきます」

ぺこりと頭を下げて椅子から立ち上がるミリアベルに、カーティスはにこにこと笑顔で手を振る。

ノルトは頷くと、ミリアベルに「天幕の周りに中位結界を張っておくように」と言った。

ミリアベルは頷いて手を振り返すと、自分の天幕に向かった。

ミリアベルの天幕は陣営の真ん中付近にあり、ノルトやカーティスの天幕の近くだ。

途中で、「見張りに立ってるんで安心して寝てくださいね」と団員が声をかけてくれた。

ミリアベルは団員たちに感謝し笑顔でお礼を言うと、自分の天幕に入った。

天幕の中は、程よい明るさで、空調も寒くなく暑過ぎずと、快適に整えられている。

「す、すごい……完璧だわ……」

ミリアベルは感嘆の声を上げた。

ここまで過ごしやすい環境を作ってくれた魔道士団にもう一度感謝すると、自分の天幕に中位結界を張る。

先ほどの気配の主が来たら時間稼ぎにもならないかもしれないが、今は側にノルトやカーティスがいるから大丈夫だろう。

ミリアベルは寝巻きに着替え、ベッドに横になる。

「思ったよりも、疲れていたみたい……」

横になった途端、睡魔が襲ってくる。

慣れない移動や、治癒魔法の連発で疲れ切っていたのだろう。

うとうとしている内に、ミリアベルはいつの間にか眠りに落ちていた。

第五章

「――ん、……？」

それからどれくらい経っただろうか。

周囲ではまだ人が起きている気配がしたが、違和感を覚えたミリアベルの意識が浮上した。

何か、とてつもなく巨大な気配がすぐ側にいるような、そんな違和感。

え――？

自分、の側。

そう考えた瞬間、ミリアベルはバチリと瞼を開けた。

「――お？」

瞬間。

真っ赤な瞳がミリアベルを見下ろしていて。

視線が合った瞬間、その目がにんまりと細められた。

先ほど聞こえた低く重い声は、ノルトやカーティスのものではない。

ミリアベルは瞬時に覚醒し、悲鳴を上げた。

「うおっ、やめっ、叫ぶな……っ！」

「だっ、誰ですか貴方……っ！　ここには結界が張ってあったのに……！」

ミリアベルは素早くベッドから立ち上がると、天幕の端っこにバタバタと逃げる。

結界が壊れる音も、破られた気配も、何も感じなかったのに。

「結界ねぇ……。あんな結界、指でつついたら簡単に壊れるぞ……？　何で最高位結界を張らない？　最高位を張られたら、さすがの俺でも苦労するのになぁ」

男は顎に手を当てて、愉しそうに話しかける。

その尊大な物言いを聞いて、ミリアベルはこの男があの恐ろしい気配の張本人なのだと理解した。

対峙《たいじ》している男からは底知れない力を感じる。

ミリアベルの背筋につうっと嫌な汗が伝った。

「まあ、俺としてはあっちより相当興味深いお前が来てくれて嬉しいがな」

「――どういう、意味ですか……？」

男はにっこり笑うと、一歩踏み出す。

闇に溶けそうな真っ黒な髪は男が歩く度に揺れる。

まるで陽炎《かげろう》のように見え、ミリアベルは自分の目を擦った。

なぜか、このまま目の前の男を見つめ続けていると良くないような気がする。

隙を見て逃げ出そうと考えた瞬間、外からノルトの焦ったような声が聞こえた。

「フィオネスタ嬢！　入るぞ！」

天幕の布を乱暴に払い、ノルトが慌てたように駆け込んできた。男を見た瞬間、目を見開いて硬直する。

「――っ」

だが、ノルトは一瞬で切り替えた。腰に下げていた剣を抜き放つと、刀身に炎属性の魔法を付加して地面を蹴り、男に斬りかかった。

「――ははっ！　思ったよりも好戦的だな！」

「女性の天幕に入り込むなんて……！　何て真似を……！」

真っ赤な瞳の男は笑いながらノルトの攻撃を横に跳んで回避した。

それを読んでいたノルトは、剣の鞘を剣帯から引き千切ると、鞘にも風属性の魔法を付加する。

斬り込んだ軸足をぐるりと回転させ、鞘を男に叩き込む。

「――めちゃくちゃだなっ」

男は自分の腕に魔法を込めると、ノルトの攻撃を受け止める。

動きが一瞬止まった男に対して、ノルトは即座に雷属性の魔法を展開した。

「三属性同時展開か――！　人間のくせにやるな！」

「簡単にいなしながら良く言う……！」

雷が落ちたような轟音《ごうおん》が響いた。

ミリアベルは凄まじい攻防戦から目が離せない。

速すぎてほとんど目で追えなかったが、真っ赤な瞳の男はまだ余裕があるのか、笑いながらノルトの攻撃を受け止めている。

眩《まばゆ》い程の閃光にミリアベルが目を細めると、ノルトがいつの間にか側にいた。

ノルトはミリアベルの背中に腕を回し、大きく地面を蹴る。跳び上がりながら天幕の側面を斬り、外に出た。

そこには魔道士団の団員たちが天幕をぐるりと囲うように構えていて、ミリアベルはほっと息を吐く。

皆が無事だった事に、ひとまず安心した。ノルトの腕の中から自分の天幕の方を見やると、男が飄々《ひょうひょう》と姿を現した。

周囲に、緊張が走る。

この男は、これだけの団員が目を光らせる中、誰にも姿を見られず、ミリアベルの天幕に侵入した。

しかも、ミリアベルが張った中位結界をあっさり破った上に、ノルトの攻撃を受けても傷一つない。

今もこちらを気にせず、乱れた服をパタパタと叩き、髪を撫で付けている。

見た目は、完全に人間だ。

それは、どういう事なのか。

ノルトは、硬い声で男に問いかけた。

「上位種……いや、それ以上……。お前は魔の者を統《す》べる者か……？」

「――えっ」

ミリアベルはノルトの腕の中で体を跳ねさせ、男をそっと見る。

薄暗い天幕の中ではわからなかったが、こうして外に出ると、男の瞳は恐ろしいまでに紅く煌めいている。

魔獣や下位の魔の者の瞳も赤いが、この男ほどの輝きも、妖しい光も放っていなかった。

なぜ、そんな人が自分の天幕に。

ミリアベルは疑問を胸に、侵入してきた男をじっと見つめる。

男はにっこり笑って、のんびりと答えた。

「まあ、そうだな。人間にはそう呼ばれる事もあるな？」

男はよろしくなー、と気の抜けた声でミリアベルに手を振る。

ミリアベルには、その意図が図れない。助けを求めてノルトを見上げると、彼も戸惑いを隠せないようで、額に汗が伝っていた。

「そんな男がなぜここに……お前の目的は何だ……？」

「人間の王族が言っていた女を見にきたんだが、もっと興味を引かれる存在を見つけたから挨拶をしにきた」

男は小首を傾げながら答えた。

ノルトと話しながらも、男の視線はひたりとミリアベルに向けられている。

ノルトもミリアベルも、背中に嫌な汗が伝うのを感じた。

目を逸らしたら一口で呑まれそうな、そんな恐怖心が二人を襲う。

幸い、男は会話を楽しんでいるようで、攻撃してくる気配はないが……

ノルトはミリアベルを自分の背後に隠すと、尚も男に問いかける。

「王族と話す機会があったのか……？　誰とだ？　王族が言っていた女とは？」

「おいおい、質問が多いな？　お前はもうわかっているんじゃないか？」

にたりと口の端を吊り上げる男に、ノルトは先ほど自分が考えた事が当たっていた事を悟った。

「はは……、本当に……？　まさか、陛下とやり取りをしたというのか……？」

ミリアベルも驚き、ノルトを凝視する。

この国で一番の権力者と、魔の者のトップが裏で通じていた？

この討伐任務も仕組まれたものなのだろうか。

男が否定しないという事は、肯定と取っていいのだろう。

「だがなぁ……陛下とやらは国で一番の聖魔法の使い手を送る、と言っていたんだが……あっちにいるのは違うな？　この国で一番の聖魔法の使い手は、そこに隠れているお嬢さんだろう？」

男は言い切る前にトンッと軽く地面を蹴る。瞬時に距離を詰め、ミリアベルの顔を覗き込んできた。

「――ひっ」

「これ以上近寄るな！」

「首を落とされるのは嫌だからな。これ以上は近付かないよ、痛いだろう？」

男の移動と同時に、ノルトは剣を男の首に当て、牽制《けんせい》する。

「こっちも可愛い下僕共がやられちまって割に合わないんだよ……。このままじゃ、お嬢さんに対抗できるのが俺くらいになっちまう。しかも、お嬢さんとお前が一緒に掛かってくるんだろう？　さすがの俺も無傷では済まなそうだよなー」

男は自分の頭をかきながらぶつくさ呟いているが、内容がとても物騒だ。

ノルトとミリアベル二人がかりでも倒せる可能性は低いという事を察してしまった。ノルトはどうにか男を下がらせられないか思案する。

この男は、国王と水面下でやり取りをしていたが、その内容が現実と大きく異なる事に頭を悩ませているらしい。

やはり、ミリアベルを隠していたのは正解だったのだ。

もし、ミリアベルの事を正直に国に報告していたら。

恐らくミリアベルが男のターゲットになっていただろう。

「うちの……人間の権力者とはどんなやり取りをしたんだ？」

ノルトは一歩踏み込んだ事を聞いた。

そっと、魔道士団の団員に映像記録用の魔道具を作動するように合図を送る。

取引内容が人道に反したものであれば、国王を引きずり下ろす材料になるかもしれない。

そうすれば、ノルトが後押しをしている第三王子を王位につけられるかもしれない。

男は笑顔を浮かべたまま、あっさり答える。

「簡単な取引だ。うちが欲するモノをくれるのなら、あっちの手助けをしてやる、それだけだよ」

まあ、知恵を貸してやる、と言ったもんかな。

明るい声でそう告げる男に、ノルトは眉を顰《ひそ》めて吐き捨てる。

「つまり、この異常事態の発生自体が仕組まれていたんだな」

「ご明察。さすがだな」

真実にたどり着いたノルトに、男は満足そうに笑った。芝居がかった仕草で腕を上げる。

「お前たち、俺と少し話をしないか？」

ノルトは剣を鞘に納めると、予備の剣帯を付け直して装着する。

ミリアベルは寝巻きのままだった事もあり、ノルトが団服の上着を脱いで羽織らせてやった。

準備を整えた二人は顔を見合わせ、頷いた。

◇◆◇

三人は、カーティスが用意したテーブルと椅子に腰を下ろす。

最初に話し始めたのは魔の者の男だった。

「さて、とりあえずお互い攻撃の意思はない、という事でいいか？」

「ああ。とりあえず、な……」

「わかった。ならばこの場での戦闘行為は禁止しよう。契約魔法を行使する」

男がトンと指をテーブルに押し当てると、その場にぶわりと綿密な魔法陣が浮かぶ。

「戦闘行為を禁止する契約魔法だ。この契約に反した場合は命を失う。ここに、魔力を流せ」

「魔力を流すのは俺と彼女でいいのか？」

「ああ。他の人間はいい。この軍を率いているのはお前だろう？」

ノルトは了承し、魔法陣に手を乗せて魔力を流し込む。

「この場だけの契約だから心配するな。この時間が終了したら契約は無効化される」

ノルトはこくりと頷くと、隣で不安そうにしていたミリアベルに優しく声をかける。

「フィオネスタ嬢、安心してくれ。この魔法陣は男が言う通りの効力しかない」

「何だ？　俺が騙し討ちでもすると思ったか？　俺は意外と紳士だぞ？　嘘はつかない」

とんでもない場に同席してしまった。

いっそ意識を手放せたら楽なのに。

それでも、自分の契約を待っている二人の手前、気を失うなんてできるはずもない。

ミリアベルは緊張しながらも、魔法陣に手を乗せて魔力を流し込む。

流し込んだ瞬間、魔法陣がぶわりと光を放ち、消失した。

「よし、契約完了だ。これで、この話し合いが終わるまでお互いに敵対行為は禁止だ」

男は楽しそうに目を細めると、続けて二人に問いかける。

「で、お二人さんの名前は？　俺は……ネウスと呼んでくれ」

赤い瞳の男――ネウスがそう言うと、ノルトも口を開く。

「俺はノルトだ。ここにいる人間達の指揮を取っている」

「あ、私は……ミリアベルです。ネウス様もお気付きの通り、聖魔法を使用するために皆さんに同行しました」

ミリアベルが頭を下げると、ネウスがにこにこと笑みを浮かべてじっと見てくる。

「ミリアベルというのか。遠くからでもミリアベルの力は良くわかった。……ここ数百年、これだけの力を持つ人間はいなかったから、俺の下僕共が震え上がっていたぞ」

こっちに到着した時は一瞬だったもんなぁ？　と楽しそうに言われ、ノルトが反応する。

「あれも見ていたのか」

「もちろんだ。下僕の目を使ってちゃんと見てたさ。桁違いの力を持つ人間――ミリアベルがいたから、今回俺が出てきたわけだしな」

ひょい、とネウスが肩を竦《すく》める。

あれは反則だ、と苦笑するので、ミリアベルは申し訳なさそうに眉を下げた。

ノルトは「仕方ないだろう」とため息を吐く。

「そもそも、こちら側では国王陛下が異常事態を宣言したんだ。討伐に赴《おもむ》いたからには目の前に現れた敵は倒さなくてはいけないのだから」

「まあ、それはな……元々相容れない種族同士だ、こっちも随分とそちらの面々を傷付けたからおあいこだろう」

「――で？　ネウスの狙いは奇跡の乙女と呼ばれる女だったんだろう？」

ネウスは観察するようにノルトを真っ直ぐに見つめる。

数秒間、ノルトと視線を合わせたネウスは、くくっと喉《のど》を鳴らした。椅子に深く座り直して腕を組み、もったいぶったように口を開く。

「そうか、ある程度はわかっているみたいだな……ノルトの考えている通り、うちは奇跡の乙女の魔力をもらい受け、あちらはこっちの力を得ようとしていた」

「魔力、をだと？」

ノルトが訝《いぶか》しげにネウスに聞き返すと、ネウスは頷き話を続ける。

「ああ。やり方はこちらに任せると言っていた。無事に魔力を得たら、次は俺たちが人間に協力する、という約束だったんだよ」

「王族が聖魔法の使い手を勝手に取引材料にしていた、という事か……ネウスはこの件を公《おおやけ》にしても構わないか？」

「別に俺たちは痛くも痒《かゆ》くもない。ノルトの好きにすればいいさ」

「ありがたい。――魔の者は、なぜ魔力が必要なんだ？」

ネウスは考え込むように視線を宙に彷徨《さまよ》わせる。

何か知られたくない事情があるのだろうか。

「まあ、そうだな……俺個人が必要だったから、というか……」

ハッキリとした回答を得られず、ノルトはネウスの目的については後回しにした。

それよりも、今後の事について話を進める方が重要だ。

「まあ、ネウスの事情は置いておく。問題は今回の討伐をどう終わらせるか、だな……」

「ああ。俺としてもこれ以上下僕を減らされるのは避けたい。人間側も死者が増えると不味いだろう？」

「ああ、ネウスに出てこられたらこちらとしても相当な被害が出る。何とか早期にこの討伐任務を終わらせ、第三王子に此度《こたび》の事を報告したいんだがな……」

ネウスはいい事を思い付いたとばかりに「こういうのはどうだ？」と明るく告げる。

「俺がミリアベルを花嫁として我が一族に迎えるのを条件に人間に手を出さない事になった、という線で行くのはどうだ!?」

名案だ！　とばかりに立ち上がり、ネウスはミリアベルをきらきらした目で見つめる。

ミリアベルが断るよりも早く、ノルトが「断る」と返答した。

ネウスはきょとんと目を瞬かせると、一拍置いてむっと顔をしかめる。

「なぜノルトが断るんだ？　俺はミリアベルに聞きたい。なあ、ミリアベル……！　さっき俺が言った案はどうだ？　俺だったらそこら辺の人間にやられたりしないし、寿命だって長い！　俺と一緒になれば、ミリアベルが天寿を全うする時まで隣にいてやれるぞ！」

「人間と、魔の者が一緒になれる訳がないだろう!?　フィオネスタ嬢！　こんなふざけた提案とともに聞かなくていい！」

ミリアベルが何かを言う前に、ノルトとネウスが言い合いを始めてしまった。

ミリアベルがおろおろしていると、カーティスが助け舟を出す。

「白熱するのはいいが……フィオネスタ嬢が置いてけぼりになってるぞ。ノルトも落ち着いたらどうだ？」

待ったをかけてくれるカーティスが頼もしい。

ミリアベルも、今なら聞いてもらえるだろうと思った。

「ネ、ネウス様……申し訳ございませんが、その……私は今どなたかと結婚するつもりはありません……どうかそれ以外の方法をお願いします」

「は……？　ミリアベルは結婚するつもりがないのか？　そんな力を持っているのに……？」

ネウスが「信じられない」とミリアベルを凝視する。

ノルトはベスタの件を知っているので、何とも言えない表情でミリアベルを見た。

改めてベスタに怒りが湧くが、切り替えるように咳払いをする。

「んん……っ、話を戻すぞ。ネウスはこちら側の人間——まあ、国王陛下なんだが——と取引をしていたんだよな。だが、魔道士団はそれを見て見ぬふりはできない」

「やーっぱそうなるよなぁ……俺はいいんだが、下僕共がなぁ……」

「ああ。この取引を無効にする方法はないだろうか」

「まあ、こっちは魔力をもらえればそれでいいぞ？」

あっけらかんと言うネウスに、ミリアベルはちらりとノルトを見た。

「えっと……発言してもいいでしょうか？」

それまでは考え込んで口を開かなかったミリアベルの発言に、ノルトとネウスは無言で頷く。

「あの、魔力を渡すというのはそれ程難しい事なのでしょうか？　魔の者と通じるのは良くない事だとわかってはいるのですが、互いに争って、甚大な被害が出るよりは……」

ミリアベルの素朴な疑問に、ノルトは困ったように眉を下げる。

「まあ、そうできたら一番いいんだが……。魔力を人間の体から抽出するのはとてつもない苦痛を伴うんだ。いっそ殺してくれ、と叫び出したくなる程辛い。それに、ネウスが欲している魔力量がどれくらいかわからない。その人の魔力が枯渇するまで抽出して、魔力が回復したらまた抽出する、となると、それは拷問に等しいんだ……」

「え――っ、そんなに、苦しいものなのですか⁉」

そもそも魔力抽出という言葉すら初めて聞いた。

「――昔の戦争では拷問代わりに魔力抽出を行っていたそうだ……」

「スティシアーノ卿は、なぜ魔力抽出がそれ程辛いものだと知っておられるのですか……？　まるでご自分が実際に経験したような話しぶりでしたが……」

「あー……、好奇心は猫をも殺すって言うだろう？」

ノルトは言いにくそうに自分の頭をかいたが、ミリアベルにはどういう意味か良くわからなかった。

そっと近付いてきたカーティスがノルトの言葉を補足する。

「好奇心旺盛だった小っちゃいノルトと俺は、禁じられていた魔力抽出の魔法をお互いに掛けた事があるんだよ……あの苦痛は二度と味わいたくないな……」

「――まあ」

ゲッソリとした表情で話すカーティスに、ミリアベルは目を見開いた。

昔ノルトとカーティスは悪ふざけが過ぎた遊びをしていたようだ。

「それ、は……よく幼い体でそんな事をやったな……下手をすれば人間など簡単に命を落とすぞ……」

ネウスも呆れていて、ノルトとカーティスはバツが悪そうだ。

「まあ、あれだ……魔力抽出を行い、ネウスに渡すのは難しいな」

「まーた振り出しか」

国王と、魔の者との取引。

これは、国王が国民を裏切っているのと同義だ。

何とか第三王子にこの事を知らせ、不正の証拠を掴んでくれればいいのだが、いかんせん時間が足りない。

「まあ、今日一日で最良の結果を得られるとは思わなかったからな。しばらく俺はここで過ごす。今後の事については明日以降、再度話し合わないか？」

あふ、とネウスは欠伸を噛み殺すと、眠そうに目を擦る。

元々、ネウスが襲撃した時には既に夜は更けていた。それからさらに時間が経過した今、頭が正常に働いていない可能性がある。

「そろそろ寝ようぜ。また明日話し合おう」

ネウスは椅子から立ち上がると、自然な動作でミリアベルの手を取り、ミリアベルの天幕に移動しようとする。

ネウスの行動があまりにもスムーズすぎて、ちっとも違和感を覚えなかったミリアベルとノルトだったが、はっと我に返った。

ミリアベルは慌ててネウスの手を振り払い、ノルトはそれをさらに叩き落とした。

「いって……っ！　何すんだよノルト！」

「それはこっちの台詞だ……！　何を当然とばかりにフィオネスタ嬢の天幕に向かうんだ⁉」

叩き落とされた手を擦りながら、ネウスが恨めしげにノルトを睨む。

ミリアベルも、まさかネウスが女性の天幕に当然のように入っていくとは思いもしなかった。

絶対零度の視線を向けると、そっとネウスから離れてノルトの近くに避難する。

冷ややかな対応にネウスはショックを受けたようだ。大袈裟に悲しむと、ミリアベルを縋るように見つめる。

「ミリアベル……っ、先ほども、俺はミリアベルに無体を働いたりしなかっただろう？　ただ、一緒に朝まで共に時間を過ごしたいってだけだぞ……？」

「その言葉を信じられると思うか？　そもそも、女性が寝ている場所に忍び込むなんて……っ！その時点で言語道断だ！」

怒りが一周回って呆れに変わったノルトは額に手をやり、首を横に振る。

人間と、魔の者とはここまで考え方が違うのか、とげっそりする。

それとも、ネウスが奔放過ぎる性格なのかわからないが、いずれにせよミリアベルの天幕にネウスを入れる事は絶対にできない。

「ミリアベルの近くにいると、滲《にじ》み出る魔力を吸収できてありがたいんだけどな……」

ぼそりと呟かれたネウスの言葉はミリアベルとノルトには届かなかった。

二人は不思議そうな表情を浮かべている。

「わかったわかった……だったらミリアベルと同じ天幕で過ごすのは諦める。……明日改めて話すが、しばらく俺はここで行動を共にさせてもらうからな」

「――は!?」

ネウスは一方的にそう言うなり、片手を上げて姿を消した。

「――なん、だったんだ……本当に……」

「ネウス様の魔力の気配はもう消えてます、ね……」

ノルトは頷くと、もう今日は寝ようと吹っ切れたように言った。

さすがのノルトも、怒涛《どとう》の展開を処理しきれなかったらしい。明日の自分に任せるようだ。

三人は、疲れた表情を浮かべながらそれぞれの天幕に戻ったのだった。

◇◆◇

ミリアベルたちと別れたネウスは、転移先の背の高い木の枝に無造作に腰をかけると、表情を綻《ほころ》ばせた。

ノルトたちが駐屯している場所を見下ろし、楽しそうに鼻歌を歌いながら自分を抱き締めるようにして両腕をゆっくりと擦《さす》る。

他人の魔力が自分の体内を巡るちりちりとした感覚を久しぶりに味わい、ネウスの口端は自然と吊り上がった。

「少しの間、共に過ごしただけでこれか」

ミリアベルの膨大な魔力のうち、溢れた僅かな分を頂戴しただけで、体が驚く程軽い。

「こんなに気分がいいのは数百年ぶりだな」

人間の王から話を持ちかけられた時は、人間のくせに厚かましくも自分に話しかけ、取引を持ちかけた事に腹を立て八つ裂きにしてやろうかと思ったが、踏みとどまって良かった。

討伐任務に赴《おもむ》いた人間の魔力を奪ってもいい、と言われたため、ネウスは前線に様子を見に来ていた。

そこで、人間にしては驚く程に質が良く、また豊富な魔力を持つ人間——ミリアベルの事を感じ取ったのだ。

近付いて確認してみたら、ミリアベルという女は美しく、また、清純な心の持ち主だった。魔力も持ち主の性格に似て優しく、心地良い。

ずっと側にいたいと思い、ネウスは考えられない程高揚している。

「だったら、後ろにいる雑魚《ざこ》はいらねぇーなぁ？」

ネウスは顎に手を当てると、真っ赤な目を愉快とばかりに細める。

「最初は後ろの女だけ残して皆殺しにしてやろうかと思ってたが、変更だ。ミリアベルと行動を共にする方が俺の目的にも近付く」

ノルトも面白い男だしな、と笑ったネウスは、自分の下僕と配下たちにノルトの部隊を攻撃しないよう言い含めるため、姿を消した。

◇◆◇

翌日、早朝。

ミリアベルがうっすらと目を覚ますと、天幕の布を通した柔らかな日差しが辺りを照らしていた。外は既に明るくなっているようだ。鳥のさえずりと微かに人が動いている気配がする。

「もう、朝なのね……」

昨日は驚きの出来事の連続だった。

思ったより疲れが溜まっていたのか、ミリアベルはベッドに横になると、すぐに眠ってしまったらしい。

ミリアベルはゆっくりとベッドから体を起こすと、しょぼしょぼしている目を擦《こす》る。

ノルトやカーティスが気を遣ってくれているお陰で、野営なのにとても過ごしやすい。魔道士団の面々も皆親切だ。

討伐に参加する前に抱いていた不安が嘘のようになくなっていて、自分でも苦笑してしまう。

「今日は改めてスティシアーノ卿とネウス様がお話をする……あ、そうだ。朝食の準備、お手伝いした方がいいわよね」

ミリアベルはベッド脇のマットの上にあったブーツを身に付けると、早速身支度を始めた。

魔道士団の団服に袖を通し、顔を洗って身形《みなり》を整えると、天幕の入口へ歩いて行く。

早朝なので、まだ眠っている団員もいるだろう。

音を立てないように気を付けて天幕から出た。

きん、と冷えた早朝の空気が肺を満たして、眠気を吹き飛ばす。

「——うう、まだ朝は寒いのね……」

ついつい独り言を呟いて両手を擦《こす》り合わせる。

すると、遠くから金属のぶつかる音が聞こえてきた。

まさか、敵襲だろうか。

ミリアベルは一瞬緊張したが、昨夜、というかもう今日になっていたが、ネウスは話し合おうと言っていたのだ。

突然攻撃は仕掛けてこないだろうし、敵が現れているのであればもっと騒ぎになっているだろう。

危険はないだろうと判断し、音の響いてくる方向へ向かった。

歩いている内に、その音は剣戟《けんげき》の音である事がわかる。

見知った姿の男二人が模擬戦をしているのが視界に入ると、ミリアベルは安堵の吐息を零《こぼ》した。

ノルトとカーティスが手合わせをしているようだ。

そのまま二人に近付いて行く。

「――フィオネスタ嬢、早いな。良く眠れたか？」

「おはよう、フィオネスタ嬢っ」

ノルトがカーティスを見据えたままミリアベルに話しかけてきた。

気付いていたのか、とミリアベルが目を見開くと、カーティスも軽い調子で挨拶してくれた。

二人とも、ミリアベルの気配にとっくに気付いていたのだろう。

二人の実力を再確認したミリアベルは、にこやかな笑顔を浮かべた。

「おはようございます。スティシアーノ卿、アルハランド卿。おかげさまで、たっぷり眠れました。お二人は早いですね？」

ミリアベルの言葉をきっかけに、ノルトとカーティスは鍔迫《つばぜ》り合っていた体勢から大きく飛び退くと、腰に下げていた鞘に剣を納める。

「ああ。昨日はまあ、イレギュラーな事が多かったが、日課になってる手合わせの時間に目が覚めてしまってな」

「嫌だよねぇ。体は疲れてるってのに、体を動かさないと何だか調子が出なくてね」

二人が軽口を叩き合いながら歩いてくる。

一緒に戻ってくれるのかと待っていると、ミリアベルの背後で突然風が吹き、腕がにゅっと出てきた。

「――へっ？」

「おはよう、ミリアベル！　ノルトとそこの男――カーティス、だったか？　お前たちも早いな？」

ネウスの声が聞こえたと思うと、そのままミリアベルの体を抱き締める。

「――っ！」

「ネウスっ！」

ミリアベルは声にならない叫びを上げた。

ノルトがネウスから引き剥がそうと駆け寄ったが、ミリアベルが防御結界を展開する方が早かった。

「――いって！」

バチン！　と鈍い音を立てて、ネウスが弾き飛ばされた。

尻もちをついたネウスは、ぽかんと口を開けてミリアベルを見上げている。

ミリアベルは眉を吊り上げてネウスを睨み付ける。

「ネウス様……っ！　と、突然このような事をされると、びっくりしてしまいます！　止めてください！」

まさか弾かれるとは思いもよらず、呆気に取られていたネウスだったが、だらしなく頬を緩めると、「ミリアベルは怒った顔も可愛いなぁ」と笑っている。

実は抱き着いた際、ネウスはミリアベルの魔力を吸収し、ご満悦だったのだ。

また、見目麗しい女性が頬を染め、怒りを顕《あらわ》にしている表情はとても新鮮だ。

むきになっている様子が可愛らしく、ミリアベルを構いたくなってしまう。

「ネウス……昨日あれ程言っただろう？　女性の体に突然触れるのは不躾だぞ」

ノルトはぶすっとした表情で、不機嫌さを隠しもしない。

ミリアベルとネウスの間に体を割り込ませたノルトに、ネウスは頭をかきながら抗議した。

「俺たちの種族では別にそこまで注意されるような接触じゃないんだがなぁ……あれか？　ノルトとミリアベルは夫婦なのか？　だったら妻の体に触ったり、天幕に侵入したのは不味かったか。すまん」

「夫婦――っ⁉」

「ちっ、ちがっ‼」

ミリアベルとノルトは慌ててちぎれんばかりに首を横に振る。

「何だ、夫婦じゃないのならミリアベルはフリーだろ？　ノルトが目くじらを立てる意味がわからん」

子供のように唇を尖《とが》らせたネウスが、ノルトの眉間に自分の指を突き立てる。

二人が夫婦であるのならば、ミリアベルに手を出すのは不味いという事はネウスにもわかる。そうでないのなら、意味がわからない。

「人間の男は、狙っている女に対して消極的なのが普通なのか？　こっちじゃあ、狙っている女がいるのならば積極的に行動するぞ？　数多く、妻との間に自分の種を残すには、気に入ったらすぐに口説《くど》かねば時間がもったいない」

ネウスは「人間の男は消極的なのか」と腕を組んで、憐れむような視線をノルトに向けた。

ノルトは羞恥に目尻を赤く染めながら反論する。

「――人間は、というかこの国は一夫多妻制ではない！　一人の女性だけを想い、生涯添い遂げるから、ゆっくり口説《くど》くんだよ！」

ノルトの情けない声が、早朝のしんとした空間に響いた。

ノルトははっとして口を手で押さえ、カーティスは思わず吹き出してしまった。

ネウスはそうかそうか、と頷くと、ノルトを励ますように肩をぽんぽんと叩く。

「そうか……、ノルトは今ミリアベルをゆっくり口説《くど》いている最中だったのか、邪魔をしてすまんが、俺もミリアベルを好ましく思っているから邪魔をするぞ？　夫婦でないのならばいいだろう？」

「口説《くど》――っ!?」

ノルトは真っ赤になった。そして剣を抜き放ち、勢いのままネウスに斬りかかる。

「あぶねっ！　何だ何だ…⁉　なぜ急に本気で斬りかかってくる⁉　あれか、お前の気持ちを言ったのが不味かったのか⁉」

「黙れっ！　これ以上軽口を叩けなくしてやるっ！」

ものすごい形相でネウスに斬り掛かるノルトを見て、ミリアベルは一瞬何が起きたかわからなかった。

しかし、先ほどのネウスの言葉を思い出し、顔から火が出そうになった。

「え……っ、え──⁉」

どこどこと早鐘を打つ心臓に手を当てる。

ミリアベルは焦ってノルトとネウスの攻防を見ようとするが、ノルトの顔を視界に捉えるなり鼓動がさらに激しくなった。

今度はノルトを視界に入れないように必死で顔を逸らす。

その様子を眺めていたカーティスは、「へぇ？」と面白そうに片眉を上げた。ノルトとミリアベルに交互に視線を向け、にやにやと口元を緩める。

「可愛い弟分にもやっと春が訪れたと思ってたんだけど……へぇー？」

「な、なんですかその目は……」

ミリアベルが頬を染めたままじろりとカーティスを睨む。

楽しそうに、どこか嬉しそうに笑うカーティスはいやいや、と話を逸らした。

「――それにしても、あれほっといてもいいのか？　どんどん本気になってるみたいだけど？」

「――あっ！」

少し目を離していた隙に、ノルトとネウスの戦いは熱を帯びていた。

ノルトは先日のように剣と鞘を両手に構え、さらに自分の周囲に雷と水の魔法を展開している。

ネウスはネウスで、ノルトの四属性同時展開に驚き、楽しそうながらも焦っているようだ。防御障壁の展開に加え、空中から真っ黒な剣を喚び出して応戦している。

激しい戦闘の音に、ちらほらと魔道士団の団員たちが集まってきている。

ミリアベルとカーティスは呆れたように視線を交わすと、戦闘を止めるべく、二人に向かって歩いて行った。

◇◆◇

ミリアベルとカーティスの仲裁が入って何とか戦闘は終わった。

天幕に戻り、昨日と同じように話し合いを始める。

テーブルにはミリアベルと、ノルト、ネウスが座り、カーティスがミリアベルとノルトの間に立っている。

「さっきはノルトと思わぬ所で戦闘になったが……あー……あれだな、やっぱりノルトとミリアベルが人間側にいると、俺たちが勝つのは無理だな……」

ネウスは頭をがしがしとかきながら、目を細めてそう告げる。

「もし、もしだぞ？　人間と、俺たちが今までのように争うのであれば……ノルトとミリアベルを相手にするのは俺でもキツい。ノルトですらまだ余力を残している状態なのに、ミリアベルが加わったら……もしかしたら滅せられる可能性すら出てくるんだ。うん、無理だな」

自分の力はネウスがそんなに警戒するものなのか。

ミリアベルは戸惑い混じりに両手を見つめ、握ったり、開いたり、と動かしてみる。

ネウスは呆れたようにその様子を眺めた。

「無意識に魔力を垂れ流してるくせにこれだもんな……まあ、いい。うちの種族はここから撤退させよう」

「――本当か!?」

撤退の言葉を聞いて、ノルトはほっとしたように表情を綻《ほころ》ばせる。椅子の背もたれにどさりと背中を預けた。

「撤退してくれるのなら、ありがたい……双方これ以上の被害が出なくなるし、早期に王都に戻れるのであれば、第三王子との面会の時間も取れる」

第三王子へは昨夜の内に手紙を書き、魔道具で転送した。

今回の討伐任務は仕組まれたものであった事と、国王陛下と魔の者が秘密裏に取引していた事を記してある。

第三王子の魔力を流さないと手紙が読めないように魔法をかけたため、情報が漏れる事はない。

王都に戻ったら第三王子と話し合い、ミリアベルの身柄の保証についても交渉しなくては。

ノルトが撤退後の動きについて考えていると、ネウスが口を挟む。

「他の者は撤退させるが、……俺はお前たちに同行しよう。俺も王と話さねばならない事ができたしな……。それに、ミリアベルの側にいたいんだ」

「まさか一緒に来るつもりなのか⁉　人間の国に、魔の者の王が……⁉」

なんて事ないように言うネウスに、ノルトは驚愕の声を上げる。

こんな、強大な力を持つ魔の者の王を連れて行って、万が一の事があったら……

混乱する街の様子が目に浮かぶようで、ノルトは頭を抱える。

昨日からネウスと話した感じ、この男は自分の考えを曲げたりはしない。

自分が拒否したとしても絶対について来るだろうし、ミリアベルに付き纏《まと》うのは確実だ。

それならば、自分の目の届く範囲にいさせて監視した方が、最終的な苦労は少ないような気がする。

俺がいない時はカーティスに任せればいいしな……

ノルトがちらりと横目でカーティスを見ると、視界の隅でカーティスの体が跳ねた。

ノルトがまたろくでもない事を考えている、というのがカーティスにはわかったのだろう。

カーティスは今頃きっと青白い顔をしているだろうな。

まあいつもの事だ、と気にしない事にして目を逸らした。

◇◆◇

討伐任務を終了し、即時帰還する。

魔道士団の陣営でそう決定された事を聞き、ベスタ・アランドワは怒りを顕《あらわ》にした。

「何だと……⁉　討伐任務は終了だと……⁉　王都に戻るとは本当か⁉」

学院生たちが魔法騎士団の団員から聞いてきた確かな情報らしい。

ティアラを含め、臨時団員たちは安堵の息を吐いた。

「――くそっ、手柄を上げなければティアラの専属護衛になれない……っ。何とか手柄を、何とか俺の手で魔の者を……っ」

ベスタは苛立ちを隠しもせず、その場をぐるぐると歩き回る。

このまま王都へ戻れば、自分は平民として生きていく事になる。

今回の討伐任務で何も成果がなければ正規の団員への登用も絶望的だし、ティアラを他の男に盗られてしまう可能性もある。

何か打開策はないのか。

ベスタが唇を噛んで考え込んでいると、魔法騎士団の正規団員の会話が聞こえてきた。

「何でも、あのノルト・スティシアーノ卿が魔の者の高位の者を拘束したらしいぞ」

「さすがだな、戦闘は相当凄まじかったんじゃないか？」

「それが、戦闘はほとんど行われなくて、話し合いで片が付いたみたいでな――」

正規団員たちが遠ざかっていき、その会話は聞こえなくなってしまった。

断片的な情報を得たベスタはにたりと口元を歪めた。

「いい事を聞いた――」

魔の者が拘束されているのであれば。

話し合いで片が付いたとすると、その魔の者は力が弱いのかもしれない。

地位があったとしても、人間と同じで、実力主義ではないのかもしれない。

「それならば、私にもチャンスはあるはずだ」

ベスタの呟きは誰にも聞かれずに、霧散してしまった。

◇◆◇

ノルトは魔道士団の駐屯地を離れ、ネウスとの話し合いの結果をラディアンに伝える。

「まさか……魔の者を説得しちまうなんてなぁ……」

「でも、これで被害は最小限に抑えられただろう？　結果さえ良ければ良いんだよ」

ラディアンとノルトは魔法騎士団と王立魔道士団の駐屯地の中間で落ち合っているため、団員たちは離れた場所で待機していた。

ノルトと共にやって来たネウスは、興味深そうにラディアンを見つめた後、後方にいる団員たちを見て残念そうに溜息を零《こぼ》す。

「何だ……人数は多いが、こっちは本当に雑魚《ざこ》ばかりだな……魔力抽出を永続的にできそうな奴が一人もいない……こいつも、カーティスより力は弱いな……」

物騒な事を呟いているネウスに、ラディアンは恐れの視線を向けた。ノルトにこっそりと話しかける。

「おい……本当に大丈夫なんだよな……？　いきなり暴れたりしないよな……？」

ノルトはラディアンの問いかけに頷くと、ちらりとネウスに視線をやる。

「ああ。大丈夫だ。人間に手は出さないと約束したし、万が一反故《ほご》にするようならうちで対処する」

「それを聞いて安心した。あまり魔法に明るくない俺にもわかる……この魔の者が強大な魔力を持ってる、ってのはな……怒らせたら辺り一面焦土《しょうど》と化すだろうな」

「ああ、まあな。それをやってのける力はある……」

自分の話だというのに我関せず、といった様子のネウスに、ノルトはため息を吐いた。

状況の報告も済んだ事から、帰還に向けて討伐隊を動かすようラディアンに伝える。

「これから魔道士団が先に進むから、魔法騎士団は後に続いてくれ。先頭はラディアンが率いる先鋒隊、次は臨時団員たちで、最後尾はその他の正規団員の隊でいいだろう。魔の者や魔獣はもう襲ってこないが、普通の獣は出るからな。もし遭遇したらその場で対処してくれ」

ラディアンは「わかった」と頷く。

「で、いつ出発する？」

「魔道士団は俺が合流次第、すぐに動く。既に隊列は組んでいるからな。魔法騎士団もできる限り早く動いてほしい」

ノルトはそう言うと同時に、後方へ合図を送った。

合図を見た団員たちがゾロゾロと歩いてくる。

「それじゃあ、俺たちは先に行く。そっちも準備が整い次第続いてくれ」

「あ、ああ。急がせる！」

ラディアンも急いで魔法騎士団に戻り、指示を飛ばして隊列を組んでいく。

昨日の内にいつでも出立できるように準備をしておいたのだろう、団員たちの反応が早い。

ノルトとネウスはラディアンを横目で見つつ、ミリアベルとカーティスがこちらに来るのを待つ。

「へえ……、魔力は弱いがラディアン、だったか？　統率力はあるんだな」

「ああ。……まあ、魔法騎士団の団長になって年数も長いし、戦場での判断や、隊の動かし方は俺より良くわかっている男だよ」

「へえ……？　だが、アクシデントには弱いみたいだな？」

ネウスがにやにやと笑って言うと、ノルトはため息を吐く。

「市中警備が普段の主な業務である以上、想定外の事態の対処には慣れていないんだ。……それが仲間内でのトラブルなら尚更だ」

ノルトとネウスがぽつぽつと会話を続けている内にミリアベルとカーティスが合流して、魔道士団は王都へ出発した。

野生の獣以外の危険は想定されていないため、ミリアベルたちは四人で談笑しながら進む。

未だ帰還準備中の魔法騎士団の後列辺りとすれ違おうとした所で、なぜか聖魔法の中位結界が展開された。

「——は……？」

ぶうん、と耳障りな音を立てて突然出現したその結界に、ミリアベルとノルトは警戒を示す。

ネウスは興味深そうに指先でつんとつついた。

その途端、ネウスの力に耐えきれなかった結界がパリンと高い音を立てて壊れる。

一体何だったのかとミリアベルが首を傾げていると、斜め後ろにいた魔法騎士団の後列から人影が躍り出てきた。

その人影は剣を構えて、声を上げながら斬りかかってきたのだ。

結界にちょっかいをかけたネウスが一歩程ミリアベルたちより前に出ていたためか、影はネウスに攻撃を仕掛けるつもりのようだ。

さらに、剣を振りかざした人物の背後から追うようにもう一人が姿を現す。

その人物は聖魔法で光の鎖のような物を出すと、ミリアベルたちの足を地面に繋ぎ止めた。

まさか、自分たちの味方がこんな馬鹿な事を仕出かすとは思わなかったので、三人は呆気に取られ、反応が一瞬遅れてしまった。

だが、ネウスは酷薄《こくはく》な笑みを浮かべている。

ミリアベルは、その笑みを見て嫌な予感がした。

ネウスを止めようと咄嗟《とっさ》に口を開くが、ネウスの動きの方が早かった。

ネウスが斬り掛かってきた影に向かって指をぴんと弾いた瞬間。

人影はぐしゃりと歪み、有り得ない速度で吹っ飛んでいく。

「きゃああ！　ベスタ様！」

斜め後ろでは、ミリアベルたちを光の鎖で拘束していたティアラが顔を真っ青にして叫び声を上げる。

その隙に、ノルトとカーティスはティアラの聖魔法の拘束を足ごと地面に叩き付けて破壊する。

追撃しようとしていたネウスを止めるため、カーティスはネウスの腕を掴んだ。

ノルトは自分の身体能力を上げる魔法を展開して跳躍すると、ネウスとベスタの間に自分の体を割り込ませる。

ミリアベルは、目の前で起こった一瞬の出来事に呆然としたが、はっと意識を取り戻した。ノルトとカーティスに倣い、ティアラの拘束を破壊して駆け出す。

悲痛な声で叫んでいたティアラは、その場に蹲《うずくま》ってしまい、最早何の役にも立ちそうにない。

それよりも、吹き飛ばされたままぴくりとも動かないベスタの様子を見なければならない。

その場に居合わせた魔法騎士団の面々は、突然の出来事に何が起きたのか理解が及んでいない。

それどころか、ネウスから発せられる凄まじい怒気に失神する者も出てきている。

「あの雑魚《ざこ》は、一体何のつもりだ？　ノルト、俺は種族を撤退させたのにこれはどういう事なんだ……？」

「すま、ない……っ、人間たちを制御できなかったのは、俺の失態だ」

いつの間に剣を抜いていたのだろう。

ノルトとネウスはギリギリと鍔迫《つばぜ》り合いをしており、ネウスの真っ赤な瞳が怒りに燃えている。

「これでは、下がらせた下僕や配下たちが黙ってはいまい。それ相応の償いをしてもらうぞ、ノルト……？」

「――承知した。必ず報いは受けさせる、本当に悪い……」

とりあえずの落としどころは見つけたらしい。

ミリアベルは二人の気配で緊張が解かれた事を確認すると、急いでベスタに走り寄る。

べそべそと泣いているティアラに構っている暇はない。

今ならまだ命は助かるかもしれない。

そう思ってベスタの傍に膝をついたが、漂う血臭に思わず眉を顰《ひそ》めてしまう。

「――ミリアベル！　そんな雑魚《ざこ》など放っておけ！　そいつは愚かにも俺に剣を向けたんだぞ、生かしてはおけない！」

「――死んでしまっては、自分の仕出かした罪を償う事もできませんっ！」

ネウスの怒声が聞こえたが、振り向いている時間も惜しい。

両手に魔力を込め、治癒魔法を展開する。

ネウスは指を軽く弾いただけのように見えたが、繰り出された衝撃波の威力は凄まじいものだったのだろう。

それを正面から無防備に喰らったベスタの四肢は吹き飛び、服は破れ、肌はズタズタに切り裂かれている。

傷口から溢れ出す赤に覆われ、正常な肌色は見当たらない。

余りの惨状に、ミリアベルは自分の唇を噛み締めた。

それでも、ボロ雑巾のようになってしまったベスタから視線を逸らさず、真剣な面持ちで治癒魔法を施していく。

ここまでの傷だと、内臓の損傷も酷いだろう。一気に治癒をしてしまうと、その反動で体がもたない可能性がある。

これ以上のダメージを与えないよう、ミリアベルは慎重に練り上げた魔力を展開してベスタの傷口を治癒して行く。

いつの間に側に来ていたのか、ノルトがミリアベルを支えるように肩を抱いている。

ネウスも申し訳なさそうに表情を歪めて横で見守っていた。

瀕死の状態であったベスタの体は、ミリアベルの魔力に包まれて徐々に回復していく。

魔法騎士団の団員たちは、信じられない物を見るような目をミリアベルに向けていた。

ああ、緊急事態とはいえ、大勢の人の前で致命傷を治してしまった……！

ノルトがせっかく自分の力を隠してくれていたのに、きっと聖魔法が使えると知れ渡ってしまうだろう。

それでも、目の前で人を見殺しにはしたくなかった。


そうして、治癒を開始して数分。

ベスタの四肢が全て再生された事を確認すると、ミリアベルはため息を吐いて立ち上がった。

背後を振り返り、冷ややかな視線を向ける。

そこには、未だべそべそと泣き続けているティアラがいた。

ミリアベルは苛立ちを隠さないまま、ティアラの所へつかつか歩いて行く。

「フィ、フィオネスタ嬢……っ」

背後から焦ったようなノルトの声が聞こえるが、ミリアベルは反応を返さずに足を動かし続けた。

「ベスタ様……ベスタ様ぁ……っ」

「ティアラ・フローラモ嬢。立ってください」

ミリアベルの声にも答えず、ティアラはただしくしくと泣くだけだ。

奇跡の乙女が儚げにはらはらと涙を流すこの光景は、確かに何も知らない人間が見れば美しく、心を奪われるのも頷ける。

しかし今となっては、そのような愚かな人間は一人もいない。

ティアラに熱を上げていた学院生たちですら、真っ白な顔でガタガタと震えている。

自分たちが仕出かした事の重大性を理解できていないのは、このティアラ・フローラモと、ベスタ・アランドワだけだろう。

ミリアベルは腕を振り上げ、ティアラの頬を勢いよく手のひらで打った。

ばしん、と音がして、ティアラのか細い声が上がる。

「――きゃあっ！」

ミリアベルはティアラの頬を打った体勢のまま、ティアラを鋭い眼差しで見下ろす。

「何て事をしたんですか……っ！　貴女は、自分が何をしたかわかっているのですか⁉」

ふつふつと怒りが込み上げてきて、ミリアベルは自分の唇を噛み締めた。

頬を打たれたティアラは、なぜこんなことをされたのか理解していないようだ。

打たれた驚きで一度は止まった涙を再度ほろほろと零《こぼ》し、小さな声で反論する。

「何、が悪いって言うんですか……？　だって、ベスタ様が手柄が欲しいって言うから、協力しただけなのに……私を愛してくれる人の願いを叶えたい、と思うのはそんなに悪い事なんですか？」

ミリアベルは目眩を覚えた。

──奇跡の乙女には何を言っても無駄だ。

諦めにも似た感情がミリアベルの胸中を満たす。

自分中心で物事を考え、他者の考えを理解しようとせず、人として生活する上での最低限のルールすら学ぼうとも、理解しようともしない。

「フィオネスタ嬢、彼女には何を言っても無駄だ。……そうなるように教育されたのだから」

「スティシアーノ卿……っ」

隣にはいつの間にかノルトが立っていて、首を横に振っている。

「だが、今回の件はさすがに看過できない。この馬鹿二人が攻撃したのは魔の者の王だ。魔道士団団長である俺との間に交わされた盟約を破り、双方に甚大な被害をもたらそうとしたんだ」

ノルトは一歩ティアラに歩み寄ると、ミリアベルに謝った。

「フィオネスタ嬢、すまない。折角隠していたのに、衆目の前で上位の治癒魔法を使わせてしまった……」

「いいえ……仕方ありません。使用しなければ恐らくあの人は命を落としていたでしょうから……」

ミリアベルは首を横に振ると、視線を足元に落とす。

先ほど、ベスタを癒す様を魔法騎士団の面々に見られてしまった。

あそこまでの人数に見られてしまったら、情報が漏れるのは避けられない。

恐らく、王に報告が入るだろう。

「――だが、心配しなくても大丈夫だ。俺もネウスも、フィオネスタ嬢が国に利用されないよう阻止する」

「ああ、当たり前だ。こんな胸糞悪い生き人形を作っていた奴等に、ミリアベルをみすみすと渡しはしない」

ネウスは先ほどの怒りなど微塵も感じさせず、ミリアベルに笑いかける。

「あり、がとうございます」

ミリアベルは自分のために怒りを飲み込んでくれたネウスに、申し訳なさそうに頭を下げた。

その様子を見ていたノルトが、ミリアベルに頼む。

「フィオネスタ嬢、もう隠す必要はないから奇跡の乙女を上位拘束魔法で拘束してくれ」

ノルトがそう言ってティアラを指さすと、ミリアベルは困惑した。

「え、……拘束、ですか……?」

「ああ。罪人を自由にはしておけない。拘束して、王都に帰還したら軍規違反で軍法会議にかける。ベスタ・アランドワも同じく拘束しておいてくれ。あいつも同じく軍法会議にかけて罪を償わせる」

――軍規違反。

重々しい言葉に、ミリアベルはこくりと喉《のど》を鳴らした。「わかりました」と呟き、拘束魔法を展開する。

中位魔法までしか使用できないティアラには、ミリアベルの上位魔法に抵抗する術はない。

ミリアベルが魔法を発動すると、ネウスが口を挟んだ。

「ちょっといいか。軍法会議とは人間側の……そっち側の処罰だろう？　うちの種族にはうちの種族の処罰の仕方がある」

「……？　何だ？　魔の者にも罪人を罰する制度があるのか？」

不思議そうにノルトが質問を返す。

ネウスはにんまりと口元を歪めると、冷たい視線でティアラを見下ろした。

「ああ……まあ、うちの場合、全て俺の裁量なんだが……そうだな……この人形からは魔力を取れそうだ」

もらい受けるぞ。

ネウスはそう言うなり、ティアラに近付いていく。

その姿を止める者はない。

ノルトもカーティスも止めないので、ミリアベルもネウスの動向を見守る。

今回の討伐任務の総指揮者の権限はノルトに移っている。

そのノルトがネウスを止めない以上、この行動は誰も止められない、という事だ。

「――え、いや、何ですか……っ」

「大した量ではないが、ないよりはマシだな」

ネウスを恐れ、距離を取ろうともがいていたティアラだが、ミリアベルが拘束魔法を掛けているため、逃げる事はできない。

ネウスは無造作にティアラの顔面を掴むと、何事か小さく呟く。

それと同時に、耳を塞ぎたくなる程の絶叫が響いた。

「――いやぁ……っ！　あぁぁあぁああああっ！」

断末魔のような、耳を劈《つんざ》くその叫び声に、ミリアベルが思わず眉を顰《ひそ》める。

顔をしかめたノルトが、そっとミリアベルの肩を抱いてティアラから視線を外させた。

およそ普通に生活していたら聞く機会などない、獣のような悲鳴に耐え切れず、ミリアベルは咄《とっ》嗟《さ》にノルトの胸元に顔を埋める。

ノルトはミリアベルの耳を塞ぐようにして腕に抱き込むと、カーティスに指示を出す。

ネウスの罰を、ベスタにも受けさせなければいけない。

ノルトの指示を受け、カーティスと団員数名は、未だ気を失っている状態のベスタを数人で抱えて運び始めた。

しばらく経って、ふとティアラの叫び声が止む。

ネウスは少し満足したような表情で、ティアラの顔から手を離した。

支えを失い、倒れるティアラには目もくれず、ネウスは確かめるように手を開いたり閉じたりしている。

「ん、人形とは言え聖属性の魔力はやっぱり一味違うな。魔力を吸収し尽くすと死ぬからギリギリの所で止めた。核が壊れた人形はもう聖魔法を使用する事はできないだろう。今後も回復するたびに定期的に魔力を吸収するから、こいつの体はうちの種族で引き取っていいか？」

くいっ、と親指をティアラに向けて事もなげにそう言うネウスに、ノルトが反応する。

「いや、悪いが、先ほども言った通りまずはこちらで軍法会議にかける。身柄の引き渡しはその後にしてくれ」

「ああ、そういやそうだったな……じゃ、それが終わったら必ず寄越せよ」

爛々《らんらん》と輝くネウスの瞳を見て、ミリアベルたちは頷くしかない。

先ほどネウスは定期的に魔力を吸収する、と言った。

ノルトとカーティスからは、魔力の抽出は壮絶な痛みと苦しみを伴う、と聞いた。

これからティアラは、死ぬまでその苦痛を味わわなければならないのだろう。

それに、魔力の吸収はあくまでネウスたち魔の種族側の罰である。

国に帰ったら軍法会議に掛けられ、そこで下った処罰もティアラには待っているのだ。

「なぜ、こんな事に……」

ミリアベルはそっとティアラから視線を外した。

視線を外した先で、ネウスが今度は運ばれてくるベスタをじっと見ている。

ベスタにも、ティアラのように魔力吸収の罰が行われるのだろうか。

また、耳を塞ぎたくなるような絶叫を聞かなければならないのか。

「――ん？　ミリアベル、心配するな。あいつからは大した魔力を感じないから吸収はしない」

「そう、なのですか？」

視線に気づいたネウスが、安心しろとばかりにノルトの腕の中にいるミリアベルの頭を撫でる。

そこでようやく、ミリアベルはずっとノルトに抱きしめられたままだと気付いた。

顔を真っ赤にしながら腕を突っ張る。

「も、申し訳ございません……っスティシアーノ卿！」

「え、ああ、いや。気にしないでくれ」

ノルトはミリアベルが必死に体を離そうとしているのに気付くと、慌てて腕を開いた。

そういえば今朝の会話で、ネウスが「ノルトはミリアベルを口説《くど》いている最中なのか」と信じられない事を言っていたのをミリアベルは思い出す。

それどころではない事態が起きたため、すっかり忘れてしまっていた。

冗談だと言うのはわかっているのだが、思い出したら変に意識してしまって、ノルトの方に顔を向けられない。

こんな、時に……っ！　私はなんて事を考えているの……!?

思考回路がぐちゃぐちゃになって、なんだか疲れたように感じる。

ノルトはミリアベルの様子がおかしい事に気付いた。

心配して話しかけようとしたが、その前にベスタが運ばれてきたので、ノルトはネウスに尋ねた。

「ネウス……この男をどうするつもりなんだ？」

「ああ……うちの下僕共の訓練相手にしようか、と考えている」

「下僕の……？」

ネウスは「ああ」と頷くと、地面に横たわるベスタを蹴り上げる。

ネウスのつま先が鈍い音を立ててに横腹にめり込み、その衝撃でベスタは目を覚ました。

「げほっ、げほっ」

「――さっさと立て。ミリアベルが治したお陰で、体はどこもおかしくないだろう」

ネウスは蹲《うずくま》っているベスタの髪の毛を掴み、無理矢理立たせる。

「げほ……っ、ミリ、アベル……だと？　私は、お前に斬りかかった後……」

ベスタは咳き込みながら、意識を失うまでの自分の行動を思い返す。

そして、ネウスの反撃によって自分の体がどうなったか気づいてしまい、ショックでガタガタと震え出す。

「――ぁ、何で……、私の手足が、あの時確かに……っ」

「はは……っ、確かに俺が間違いなく吹っ飛ばしてやったもんな？　良かったな、ミリアベルが再生してくれて？　ミリアベルがいなければ、出血多量でお前は死んでただろうに」

残念だという気持ちを隠しもせず、ネウスがやれやれと肩を竦《すく》める。

ベスタは恐る恐る周囲に視線を彷徨《さまよ》わせると、ノルトの隣にミリアベルを見つけ、僅かに目を見開いた。

「あ、あぁ……っ、ミリアベル……っ」

ベスタの視線から、嫌悪や侮蔑の感情がなくなっている。

違和感を覚えたミリアベルは訝《いぶか》しげに眉を寄せると、一歩後ずさった。

「そこまで俺を想ってくれていたのか……。わかった、ミリアベルが私を想う気持ちをもう否定はしない……ティアラの次になるが、愛人としてならお前を側に置いてやってもいい」

「……は？」

ミリアベルは一瞬、何を言われたのか理解ができなかった。

自分の置かれた状況がわかっていないのか。

ティアラに傾倒したベスタは、今何が起きているのかすら判断できなくなってしまったのだろうか。

ミリアベルは気色悪い物を見るような視線をベスタに向けた。数秒で耐えきれなくなって目を逸らす。

隣にいたノルトがミリアベルの肩を支えると、これをどうするのか、とネウスを見やる。

ネウスもあまりに自分勝手なベスタの発言に表情を歪ませていた。ベスタの髪から手を離すと、一歩距離を取る。

「こいつ、信者になっているのか……？　——あの女の信者か……あの国王は何を考えている？この女に信者を付けて……」

ネウスがぶつぶつと呟いていると、ベスタは向こうに転がっているティアラに気付いた。

「——ティアラっ！　なぜティアラがあんな目に……っ！　ミリアベル！　お前なら治せるんだろう、ティアラを治せ！」

「——うるさい」

ネウスは先ほどよりも力を入れてベスタの腹を蹴り上げる。

鈍い音を立てて、再びベスタの体が吹っ飛んで行った。

ミリアベルが掛けた拘束魔法のせいで、ベスタは自分で体を起こす事ができない。もぞもぞと動きながら、まだ何事か喚いているようだった。

ネウスはくるりとミリアベルとノルトに向き直る。ベスタを親指で指しながら、ため息交じりに言った。

「悪いが、やっぱりあの女とあそこの男は一足先にうちの種族の下に送るぞ。ミリアベルの傍には置いておけん。会議とやらの日付が決まったらまたこちらに連れてくるから言ってくれ」

ネウスはそう言うなり、ティアラとベスタに向かって一言二言呟き、腕を横にさっと振った。

何か魔法を使ったのだろう。

黒い光の粒子だけをその場に残してティアラとベスタがいなくなった。

二人が忽然《こつぜん》と姿を消した事で、魔法騎士団の臨時団員たち――特に目の前でネウスの行動を見ていた者は、真っ青になってガタガタと震えていた。

ノルトはネウスの隣に歩み寄ると、臨時団員たちにきっぱりと言う。

「魔法騎士団の団長、ラディアンから今回の討伐任務中に起こった事については報告を受けている。此度《こたび》の討伐任務の総責任者は私、ノルト・スティシアーノとなった。軍規違反者たちは全員軍法会議にかけるから、心しておくように」

ノルトが宣言すると、臨時団員たちからざわめきが起きる。

ノルトはそれには構わず、ネウスに「行こう」と声をかけた。そのまま魔法騎士団の列に背を向け、自分の隊へ戻っていく。

「軍規違反を起こした人間はどれくらいいる？」

ネウスがのんびりとした口調で尋ねる。

ノルトは真っ直ぐ前を見たまま答えた。

「数十人はいるようだ」

「へえ……じゃあ、処罰が決まった後はうちで引き取ってやろうか？」

にたりと笑みを深めるネウスを、ノルトは目を細めて肩越しに振り返る。

「考えておく」

それだけ答えて、ミリアベルとカーティスの所に足早に戻った。

◇◆◇

王都への帰還は、行きと同じく転移地点まではこのまま徒歩で進み、転移地点に到着したら直接王都へ転移する。

転移地点までの道すがら、ネウスとノルトは何度か二人だけで話していた。その真剣な表情を見ると、とても重要な話をしているようだ。

ある程度二人の中で話がついたのか、ノルトがミリアベルの下へ戻って来た。

真剣な顔で、ミリアベルに王都へ戻った後に起こり得そうな事を説明してくれる。

「フィオネスタ嬢……。今回の討伐任務は当初の予定とはまったく違い、魔の者の王であるネウスと和解する事で終了した。恐らく、国王陛下はネウスに奇跡の乙女を差し出す事を目的としてこの討伐任務を組んだのだろうが、結局ネウスと国王陛下との間に交わされた取引は消滅した」

国王陛下が何のために魔の者と取引をしたのかは、ネウスにもわからないらしい。

だが、奇跡の乙女を差し出す代わりに、とある魔法に関する書物や資料をほしがっていたそうだ。

魔の者が使用する魔法は人間が使用するものとは違う。

ネウスたちは五元素魔法や光・聖魔法を使用しないのだ。

仕組みはわからないが、幅広い種類の魔法を発動することができ、その効力も様々だ。

その中の「操縦」という魔法を、ネウスたち魔の者は魔獣たちに使用するらしい。

魔力が少ない者や、まだ強い魔法を使えない子供たちは、この魔法で魔獣に乗せてくれるように頼んで移動するのだとか。

魔獣と意思疎通ができるくらいで、別に大した魔法ではないんだが……とネウスは不思議に思っていたようだ。

しかし、ミリアベルは嫌な予感がした。

「──操縦って……人間以外と意思疎通ができるだけでなく、言葉通り人を意のままに操る事ができるとしたら……？」

ミリアベルが不安そうに問いかけると、ノルトは重々しく頷いた。

「ああ。フィオネスタ嬢もそう考えたか」

「ええ……魔の者が使用する魔法ですもの。私たちの使うものより効力が強いはずです。……もし、何らかの方法でそれができてしまったら……」

「国王陛下の意のままに動くお人形の軍隊が誕生してしまうな？　治癒魔法の使い手を同行させれば、死なない限り何度でも回復して人材の補充が必要ない軍隊の完成だ。……そんな物ができたら、周辺諸国は恐ろしいだろう」

操られているが故に痛みも感じず、疑問も抱かず、ただただ命令にだけ忠実に従う軍隊が出現したら、周辺諸国は慌てるだろう。

しかも、確実に命を取らねば何度でも復活して戦場に戻ってくる。

「まるで不死者だ……もはや人間ではなくなる」

だが、いくら魔の者の魔法でも、意志ある人間をすっかり操るというのは難しいだろう。

それを可能にするのが、奇跡の乙女の存在だ。

信者になり、意思の弱くなった人間を操る程、簡単な事はない。

盲目的に崇拝している人物からの願いであれば、信者たちは簡単にその魔法に掛かってしまう。

「まあ、これは最悪のパターンだがな。……でも、だからこそフィオネスタ嬢を国に渡すわけにはいかない」

「ええ、私でも考えつくような事ですから……用心するに越した事はないですね」

「ああ。だから、王都に戻ったらフィオネスタ嬢は常に精神干渉を無効化する上位魔法を自分に掛けておいてくれ」

ミリアベルは「わかりました」と頷いた。心配そうに眉を下げて、ノルトに提案する。

「スティシアーノ卿にも、掛けておきましょうか？　陛下に謁見するのですよね」

「もし可能であればお願いしたい。精神干渉を無効化できるのは聖魔法しかないからな。……陛下が禁術や、魔道具を使用してきたら抵抗するのはかなり骨が折れる」

ノルトはほっとしたように表情を緩めた。

討伐前にたくさんノルトに世話になったのだから、ミリアベルはいくらでも手伝うつもりだ。

「ええ、もちろん。いくらでも協力いたします」

「ありがとう。本当に助かるよ。……もし可能ならば、第三王子にも無効化の魔法を掛けてほしいんだ。王都に戻ったらフィオネスタ嬢と第三王子の顔合わせの機会を作ろう」

二人が今後の対策を話し合っていると、背後からにゅっと腕が伸びてきて、ノルトとミリアベルの肩にずしりと体重が乗る。

驚いた二人が振り向くと、ネウスが楽しそうに表情を綻《ほころ》ばせていた。

「あれが転移地点か!?」

ネウスが指差した先は、森の入口辺りだった。行きの草原と同じく特に何もない場所だが、設置されている転移魔法陣の力を感じ取ったのだろう。

ノルトはネウスの魔力を感知する力に感心しつつ、その通りだと頷いた。

転移地点に一足先にたどり着いた魔道士団は、ノルトの指示に従い、後から来る魔法騎士団へ指示を伝える数名を残して転移の準備を始める。

「俺は人間の魔法陣で転移するのは初めてだな……転移した後はどうするんだ？」

ネウスがワクワクでノルトに尋ねる。

「王都にある魔道士団の宿舎に戻る。それから陛下に帰還の報告をして呼び出しを待つ感じだな」

「そうか。ミリアベルも一緒に宿舎とやらに来るのか？」

「――えっ、どうなのでしょう……？　実家に戻るのは危険、でしょうか……？」

ノルトは頷く。

「ああ。申し訳ないが、まだ伯爵邸には戻らない方がいい。俺か、ネウスの側にいてくれれば守る事ができるしな」

「俺はいくらでもミリアベルの側にいるぞ？　一人にはさせないさ」

ネウスはミリアベルの顔を覗き込むようにして笑った。

ミリアベルは、二人の言葉を聞いてほっと息を吐いた。

ただの伯爵令嬢の自分は、国王陛下から登城しろ、と命じられたら従わないわけにはいかない。

一人でいる時に呼び出されてしまったら、ノルトにもネウスにも相談する時間はない。

対応が後手に回ってしまうだろう。

だが、魔道士団の宿舎にいればノルトかネウスに、もし二人ともいなくても他の団員にも相談ができる。

これだけ心強い味方はいないだろう。

「ノルトは、王都に戻ったらどうするんだ？　国王を引きずり下ろすのか？」

「――少しはオブラートに包め、ネウス……」

あけすけなネウスの物言いに、ノルトは表情を歪めた。

聞いていた者はいないか、周囲を確認する。

魔道士団の団員はノルトの事を慕ってくれているが、一枚岩ではない。

まして、反逆となると話が大きすぎる。

ミリアベルの能力をちょっと隠す、というのとはわけが違うのだ。

幸いな事に、ネウスの声は誰の耳にも届いていなかったらしく、ノルトは声を潜めた。

「俺たち人間は、王族に対して不敬な物言いや感情を向けたら罪に問われる。反逆の意思がある、と疑われるのは不味い。俺やフィオネスタ嬢も、強制的に王城へ召喚されるからそういう言葉を口に出すな」

「人間は面倒くさいな……俺たちのように実力で王を決めればいいのにな？　そうしたら統治も楽だぞ？」

「力で支配したり抑えつけたりすると、人という種族は必ずどこかで爆発するんだ。過去に何度も繰り返されている。能力のある者が統治しないと国が荒れるからな……」

「だが、今の王は私利私欲で国を滅ぼそうとしているぞ？」

「ああ。だからこそ、優れた者に代わってもらうんだ」

ミリアベルは、ノルトとネウスの会話を聞いていてもいいのか、と狼狽《うろた》えた。

二人は普通に話しているが、これはれっきとした謀反の企てだ。

「困っちゃうよねー、フィオネスタ嬢はもう身内のような物だけど、いくらなんでもあけすけすぎだわ」

明るい声音でカーティスに話しかけられて、ミリアベルは困ったように眉を下げて笑う。

カーティスの気遣いは嬉しいが、なんと返したものか。

「えっと……その、――そう、ですね……」

「ごめんごめん。返事に困るよね……まあ、これも国のためだから……内緒で頼むよ」

カーティスが唇に人差し指を当てて、いたずらっぽく笑う。

この話は、昨日今日、湧いて出た話ではないのだろう。

第三王子とやり取りをしている事から、前々から国のやり方に、国王陛下に不信感を覚えていたのかもしれない。

ただの不信感が、今回の討伐任務でネウスと出会って確信に変わってしまった。

国を守る立場である公爵家の嫡男であり、魔道士団の団長であるノルトは第三王子の後ろ盾になる事を決めたようであり、魔の者の王であるネウスを連れてきた事から、ネウスにも協力してもらって行動に移すつもりなのだろう。

失敗すれば大逆罪で極刑となる可能性がある。

ノルトは処刑されるに違いない。公爵家は取り潰され、血縁者も連座させられる。

それでも、ノルトは行動に移す事を決めている。

ミリアベルは頷くと、ノルトを真っ直ぐに見つめた。

「ええ。スティシアーノ卿に協力する気持ちは変わりませんから」

ミリアベルの決意のこもった言葉に、カーティスは微笑んだ。

「助かるよ」と嬉しそうに呟いている。

そうしてミリアベルとカーティスの会話が途切れた瞬間、離れた場所から声が上がる。

「お待たせいたしました！　転移用の魔道具の準備が完了しました！」

王都に戻ったら、大変な事になりそうね。

ミリアベルは心の中で呟く。

しかし、ミリアベルはちっとも不安ではなかった。

その事に驚き、ふふ、と口元を綻《ほころ》ばせる。

国に……国王陛下に、きっと私の存在は知られてしまったけれど……

聖魔法の使い手であるティアラを取引材料にして何を企てているのか、今はまだわからないが。

ミリアベルは優しく微笑み、待ってくれているノルトの手に、自分の手を乗せた。

転移魔法陣まで手を引かれ、ゆっくりと歩きながら、ミリアベルはノルトをちらりと見上げる。

——何かあったとしても、スティシアーノ卿と一緒なら。

ノルトが不思議そうに目でミリアベルに問いかけたが、ミリアベルは何でもない、と言うように笑いかけ、触れ合う手をぎゅっと握りしめたのだった。

番外編　ひっつき虫

ラディアンたち魔法騎士団と王立魔道士団が駐屯地で合流した後。

結い上げた髪の毛を跳ねさせながら、ミリアベルは怪我人の治癒に奔走していた。

「――フィオネスタ嬢！　こちらもお願いしてもいいだろうか」

「はいっ！　ただいま向かいます……！」

一人に魔法を掛け終えると、すぐに次に呼ばれる。

魔の者や魔獣との戦闘で前線を担っていた魔法騎士団の怪我人は、想定していたよりも多い。

ノルトたちが魔の者を殲滅《せんめつ》したおかげで、ひとまずは落ち着く時間が取れた。

それはいいのだが、落ち着いてくると今度は次第に被害状況が明らかになってくる。

あまりの怪我人の多さに、ミリアベルは目を瞠った。

「フィオネスタ嬢、治癒魔法を連続で使って……体調は？　無理はしていないか？」

「スティシアーノ卿……、ありがとうございます。大丈夫ですよ。少しでも私の力が皆さんの役に立つのであれば……！」

ミリアベルは笑顔で答えると、次の怪我人が待機している場所に向かって駆ける。

ノルトが心配してくれるのは、ミリアベルの家族と約束したからだろうか。

ミリアベルが無理をしないように、自身も忙しいというのに魔法を使う度に声をかけてくれる。

スティシアーノ卿はきっと、お父様に私を危険な目に合わせない、と約束してくださったから……

だから私を気にして、こうして常に側にいてくださるのよね。

——勘違いしてはいけない。

ミリアベルは頬をぺちんと叩いた。

怪我人の傍に膝をつき、両手をそっとかざす。

両手に魔力を巡らせ、怪我の負担にならないよう調整しつつ、魔法を発動する。

怪我の状態が酷い人に強い治癒魔法を発動してしまっては、急激な怪我の修復に体が耐えられず、反動で痛みが出てしまう。

治癒に苦しみが伴うなんて、あまりにも可哀想だ。

そう考えたミリアベルは怪我の具合に合わせ、慎重に治癒魔法の出力を変えていた。

ミリアベルの両手から放たれた魔力はキラキラと白く輝き、見る者を釘付けにする。

治癒魔法を掛けてもらった魔法騎士団員は、ぽうっと頬を上気させていた。

「――、終わりました……。違和感はありませんか？　痛みも取れましたか？」

「は、はい……全然……っ、どこも……」

ミリアベルは安堵し、額の汗をぬぐう。

それは良かった、と笑顔を浮かべ、すぐさま立ち上がった。

「万が一また痛むようでしたら教えてくださいね。それでは」

次の怪我人の元に行こうとするミリアベルの腕を団員は咄嗟に掴んだ。

「フィ、フィオネスタ嬢……っ！　あのっ、えっと……っ、この討伐が終わったら俺と……！」

「――俺と？　何を言うつもりだ？」

ノルトがミリアベルの後ろからひょこりと顔を出した。ミリアベルを引きとめた団員に、低い声で問いかける。

「ひっ！　ス、スティシアーノ卿!?」

真っ青になって悲鳴を上げる団員の様子は、まるで魔の者に遭遇したかのようだ。

ノルトはじとりと半眼で団員を見やった後、ミリアベルににっこりと笑いかけた。

「フィオネスタ嬢。彼もすっかり元気になったみたいだ、次の怪我人の所に行こうか」

「え、ええ？　はい、そうですね……？」

ノルトは震える団員にもう一度ついっと冷たい視線を送り、ふん、と鼻を鳴らした。ミリアベルの手を引いてその場を後にする。

ミリアベルはいつの間にか繋がれた手と、ノルトの顔を交互に見る。

な、何だか……手を離して下さい、とも言いにくいし……

ノルトの大きな手が自分の手をすっぽり包んでいて、ミリアベルの頬は熱くなった。

「フィオネスタ嬢！　次はこちらに！」

「！　はい、ただいま参ります！」

ふと、ミリアベルの名前を呼ぶ団員の声が聞こえた。

ミリアベルはそこで気持ちを切り替え、逆にノルトの手を引いて走り出した。

◇◆◇

「……前線は、結構な数の怪我人が出ていたようだな」

「ええ。とはいえさすが前線を任される実力者の皆様なので、致命傷を負っている方はほとんどいません。魔獣の攻撃による小さな傷が多いですね」

一つ一つは小さな傷でも、それが積み重なれば痛みは増す。

「これだけ危険な環境で戦ってくださる皆さんに……私たち国民は本当に感謝しなくては」

「そう思ってくれる人が一人でもいてくれる事が、私たちにとって何より嬉しい事だよ」

ノルトの声は優しい。心からそう思っているのだろう。

ミリアベルがちらりと見上げると、ノルトはミリアベルに笑顔を向けていた。

なぜか恥ずかしくなってしまい、ぐりんと勢い良く顔を逸らす。

「フィオネスタ嬢？」

「な、何でもございません……！　あっ！　次はあちらに治癒を待つ方がいますから、早く向かいましょうっ」

ノルトは首を傾げたが、大人しくミリアベルについて行った。

◇◆◇

どれくらいの人数を治癒してきただろうか。

ミリアベルは休憩も取らず、黙々と団員たちの治癒をして回っている。

魔力の使い過ぎで疲れていないだろうか、とノルトは心配になった。

「フィオネスタ嬢、治癒魔法をずっと発動し続けているが、疲れや体調の変化は？　無理をせずに小休憩を入れた方が良い。このままでは君が倒れてしまう」

「――え、でも怪我をしている方はまだたくさんいらっしゃいますが……」

ミリアベルはケロッとした表情で答える。

確かに表面上は元気そうだが、自分でも気付かぬ内に魔力を消耗して、急に体調を崩す可能性もある。

　まして、ミリアベルは聖魔法に目覚めてからまだ一ヶ月も経っていないのだ。自分の限界がわかっていないのかもしれない。

　ノルトは首を横に振ると、「まだ全然行けますよ！」と言いたげなミリアベルを近場の椅子に座らせた。

「いいや、フィオネスタ嬢。魔力を使い過ぎると、疲れは気付かぬ内に蓄積されていく。体調がおかしいと思った時には魔力切れを起こしていた、というケースは多い。フィオネスタ嬢の魔力が豊富な事はわかっているが……まずは一度休憩を挟んでくれ」

　ノルトが眉を下げて言う。

　ミリアベルもそこまで言われてしまっては反論もできず、大人しく頷いた。

「そう、ですよね……。しっかり休憩させていただいて、この後もたくさんお役に立ちますね！」

　やる気に満ち溢れたミリアベルの発言に、ノルトは苦笑する。

「いや……、私は別にこの後も働いてほしいという意味で言ったんじゃなくて……、君が心配だからなんだけどな……」

　ぽつりと零《こぼ》したノルトの声は、周囲のざわめきに掻き消された。

　ミリアベルは聞き返したが、ノルトは笑顔でごまかした。

二人がそのまま休憩していると、ミリアベルに治癒をしてもらった魔法騎士団員たちがぱらぱらと集まってくる。

「フィオネスタ嬢、先ほどはありがとうございました」

「貴女の治癒魔法のお陰で痛みがすっかりなくなったよ、ありがとう」

彼らは口々にお礼を言う。

ミリアベルも「とんでもないです！」と両手をぱたぱたと振って笑顔を返した。

笑顔を向けられた団員たちは口元を緩めたが、隣に座るノルトの顔を見て一瞬で引き締めた。きりっとした顔でそそくさと去って行く。

「治癒のお礼をわざわざ言いに来てくださるなんて……、皆さんとても律儀なんですね」

ミリアベルは感心したが、ノルトはむすっとして否定する。

「――いや、あいつらは単純に可愛らしいフィオネスタ嬢と接点を持ちたかっただけだ。……くそっ、ここぞとばかりに話しかけてきて……っフィオネスタ嬢はうちの団員だっていうのに……」

まさか今、「可愛らしい」と言ったのかしら。

ぶつぶつと呟くノルトの声が聞こえて、ミリアベルは頬を赤らめた。

その様子を遠巻きに見ていた魔道士団の団員たちはノルトを指して「焦れったい」「へたれ」などとこそこそ言っているが、幸いにも嫉妬で頭がいっぱいのノルトには聞こえていない。

ノルトが聞いていないとわかっているからこそ、厳格な団長に訪れた春を彼らは面白がっていた。

まさか自分たちがそんな風に言われているとは知らず、ミリアベルとノルトはぽつぽつと会話を続けた。

「人型の魔の者が出ましたけど……被害が酷くなくて良かったです」

「――ああ。魔法騎士団のラディアンの判断が早かったからだろうな。魔道士団への救援要請が少しでも遅ければ被害は拡大していただろう」

ミリアベルはきゅうと拳を握り締める。

先ほどお礼を言いにきてくれた魔法騎士団の団員たちの笑顔を思い出す。

軽い怪我だったから皆笑っていたが、もし命を落としていたら……

間に合って本当に良かった、と握り込んだ拳に力を込めた。

「――ラディアンも、慌てるととんでもない事を仕出かすからな。……さすがに戦闘中はそんな事は起きないが、日常では結構抜けている」

「えぇ……っ、魔法騎士団の団長がですか……!? 何だか、想像できませんね」

ミリアベルはついクスクスと笑い声を零した。

先ほどミリアベルの表情が落ち込んだのをノルトは見逃さず、あえて明るい話題を口にしたのだ。

「昔からラディアンはそうなんだ。戦闘の時は頼れる人なんだが……どうも普段は抜けていて……この間の討伐任務の時なんて――」

ノルトはおどけながら面白おかしい出来事を語る。

ミリアベルは明るく笑い、時には質問などもした。

そうやって二人が楽しげに話していると、周囲にもその和やかな雰囲気が伝播した。

魔法騎士団の団員は魔道士団の団服を着たミリアベルを羨ましそうに眺め、魔道士団の団員は可愛らしいミリアベルと同じ団服を着ている事を自慢気に笑う。

それに、自分たちの団長が周囲に気を配り、意図的に穏やかな空気にしている事を誇りに思った。

◇◆◇

「——さて、フィオネスタ嬢。そろそろ治癒を再開しようか」

「はいっ！　あ、あのスティシアーノ卿」

「ん？」

ミリアベルは立ち上がりながらノルトに問う。

「ずっと私についてくださっていますが、お仕事は大丈夫でしょうか……？　お邪魔になってしまっているのでしたら、これからは私一人で怪我をしている皆さんの所を回りますよ？」

「——いや、大丈夫だ。私の仕事はそんなにない。今はラディアンとカーティスが話しているから、私が必要になれば呼びに来るだろう」

「そ、そうですか……？　それなら良いのですが……」

ノルトは笑いながら返すと、未だに気にしているミリアベルに治癒の再開を促す。

……俺がフィオネスタ嬢の側にいなければ、魔法騎士団の奴らが治癒にかこつけてフィオネスタ嬢に触れる。それを阻止しなくては。

フィオネスタ伯爵に彼女を守ると約束したのだから……だからそうだ、これは約束のために必要な事で……

ノルトは僅かに芽生えた想いから目を逸らすように、ミリアベルについていった。


「フィオネスタ嬢、すまないが少し深く魔獣に抉られてしまったようなんだ。止血はしたのだが……」

「出血が多かったのですね……！　早く治癒に伺えず申し訳ございません……っ」

「い、いや……！　怪我人も多かったし、そのっ、命に関わるような怪我ではないから」

「ですが、痛かったでしょう？　すぐに治癒いたしますね」

心配そうに眉を下げるミリアベルに、魔法騎士団の団員は頬を染める。

後ろで黙って見ていたノルトは、腕を組みながら眉を寄せた。

——こいつら……今までの討伐任務では些細な傷など、自分たちで適当に手当していたと言うのに……フィオネスタ嬢がいるからと言って、軽傷なのに治癒を頼む奴らが多い……

普段の魔法騎士団であれば、小さい傷は自分で対処するし、傷の深さが酷い者から優先して治癒を受けさせる程度の統率は取れている。

それなのに、今日は……

これはラディアンに文句の一つでも言ってやらんと気が済まないな……

結局は、団員たちも見目の良い若い女性から治癒を受けたい、という事なのだろう。

治癒魔法を受けている間は、僅かながらでもミリアベルと会話もできる。

皆、だらしない表情をして——

面白くない。苛立ちを覚える。

一生懸命に治癒の使い手として働いているミリアベルには申し訳ないが、怪我の程度が酷い団員を治したら引き上げさせるか。

そう考えていると、ノルトの視界の隅で影がさっと動いた。

「——？」

何だ？　と思いながらそちらを向いて、そして。

「——……っ⁉」

ざっ！　と大きく足音を立て、その場から飛び退いた。

「スティシアーノ卿……？　どうされました……？」

ノルトが突然動いたので、ミリアベルは首を傾げた。

先ほどまでは治癒中も黙って見ていたのに、何かあったのだろうか。

「いや……っ、その……」

「まさか、魔獣ですか？」

ノルトの狼狽えように、ミリアベルは周囲を警戒する。

だが、魔獣がこんな近くに現れれば、周囲にいる団員たちがすぐに気付く筈だ。しかし、彼らは特に騒がず、むしろ和やかにお茶すらしている。

「魔獣では、ない……すまない、気にしないでくれ」

「……ですが、何だか顔色が悪いです……。もしかして体調が悪く？　それでしたら、体力を回復する魔法をお掛けしましょうか？」

ミリアベルが提案しても、ノルトは「大丈夫だ」としか答えない。

いつも凛として自信満々なノルトがこのように狼狽えているなんて、一体何が？

周囲に視線を巡らせているノルトに倣い、辺りを見回してみる。

そこで。

「――わっ」

毒々しい色の蜘蛛を見付けてしまった。

今ミリアベルたちがいるのは雑草の生い茂る、森と道の境目だ。虫が多いのも仕方ない。

普段、街で見る蜘蛛よりも遥かに大きいその蜘蛛は、目に痛い派手な色をしていて、ミリアベルもつい表情を歪めた。

あまり見たくないな、と蜘蛛から視線を外してノルトを見ると、彼も同じく蜘蛛を見ていた。

「スティシアーノ、卿……？」

ノルトの顔色は真っ青で、表情も強ばっている。

スティシアーノ卿も、蜘蛛が苦手なのかしら？

確かに、この蜘蛛は大きいし……すごく派手な色をしているし……

討伐任務で野営に慣れている人でも、突然出てきたらびっくりするわよね……

蜘蛛には申し訳ないけれど、少し遠くに行ってもらおう、と考え、蜘蛛に水魔法を発動した。

すると、後ろからじゃりっと靴底を擦る音がした。

「え……、スティシアーノ卿……？　大丈夫ですか……」

ミリアベルが振り向くと、ノルトが蜘蛛から少しずつ後ずさっていた。

「フィ、フィオネスタ嬢……その生き物に何を……？」

「えっ、と……。ちょっと、大きくて怖いので遠くに行ってもらおう、と思いまして……。水魔法で足場を作って、……あっちの茂みに移動させようかな、と……」

ミリアベルが詰まりながらも説明すると、ノルトは「なるほど！」と言って表情をぱあっと明るくした。

ノルトはミリアベルの説明に着想を得たのか、素早く土魔法で蜘蛛の体を覆う。次に風魔法を同時展開して土ごと蜘蛛を持ち上げ、物凄い速度で駐屯地からかなり離れた所まで運んだ。

そうして目の前から完全に蜘蛛の存在を排除する。

無駄のないノルトの動きにミリアベルは呆気に取られた。

ぽかんと口を開けたミリアベルを見て、ノルトはようやっと我に返って顔を覆った。

その様子を離れて見ていた魔道士団の団員たちは「団長かっこわる……」と呟いていたが、やはりその呟きはミリアベルにも、ノルトの耳にも届かなかった。

◇◆◇

あらかたの怪我人の治癒を終えたミリアベルとノルトは、駐屯地の中央辺りにまで戻ってきていた。

「えっと……、スティシアーノ卿、大丈夫ですか？」

顔を両手で覆い、項垂《うなだ》れているノルトに話しかける。

ノルトは指の隙間からミリアベルをちらりと見やって「すまない」と小さく謝った。

「あ、謝らなくても……！　誰にだって苦手な物はありますし！」

「だが……。森での野営に慣れている筈なのに、こんな……格好悪いだろう……」

「格好悪いなど……っ、あの蜘蛛はその……、見た事がない程大きくて、毒々しい色をしていましたもの……。私も気持ち悪かったです……！」

ミリアベルの言葉に嘘はない。

ノルトにも苦手な物があった事に驚きはしたし、それが蜘蛛なのか、と意外に思ったのも確かだが。

しかし、先ほどの蜘蛛は本当に大きかった。

野営に慣れている人でもあれには嫌悪感を抱くだろう。

ミリアベルがフォローを入れても、ノルトは落ち込んでいるようで顔色が優れない。

「え、えっと……もし気分が優れないようでしたら……気分を楽にする魔法がありますが掛けましょうか？」

とノルトの顔を覗き込むと、ノルトは「情けないな、すまない」と苦笑した。

「ありがとう、大丈夫だフィオネスタ嬢。ただでさえ治癒魔法を掛け続けている君に、情けない理由で魔力を消費させたくないからな。落ち着いた、大丈夫だ」

ノルトはため息と共に、前髪をかき上げた。いつもの調子に戻った様子を見て、ミリアベルもほっと息を吐く。

「恥ずかしながら、あれだけは昔から苦手でな……。もう少し小さいやつならまだ大丈夫なんだが……」

「確かに……大きかったですものね……」

ミリアベルが同意すると、ノルトは眉を下げた。

「ああ、あの大きさにはさすがに耐えられなかった。そもそも、何であれは脚が八本もあるんだ……、昆虫はまだ可愛らしいと思えるんだが、あの形、脚の長さと多さ、毒々しい体の色、全てが無理だ」

全ての属性の適性を持ち、四属性同時展開ができる伝説級の方でも、苦手なものがあるのね……なんだか普通の人みたいで、身近に感じられるわ。

ミリアベルは遠い存在だと思っていたノルトを急に身近に感じて、親近感が湧く。

ノルトには災難だったが、なんだか微笑ましい。

にこにこと頷いていると、呪詛のように蜘蛛への恨み辛みを吐き出していたノルトがはっと顔を上げた。

「――そうだ！　フィオネスタ嬢……、カーティスは……っ、カーティスはこっちを見ていないだろうか……っ」

「えっ？　アルハランド卿ですか？」

ミリアベルはカーティスとラディアンの方を見た。

二人は話し込んでいたが、ミリアベルの視線に気付いて手を振ってくれた。

ミリアベルも手を振り返し、ノルトを振り向いた。

「見ていなかったようですね」

「――良かった、あいつにからかわれる所だった……」

「アルハランド卿も、スティシアーノ卿が苦手なものをご存知なのですね？」

ノルトは苦笑した。

「——ああ。アレが苦手になったその瞬間、カーティスもいたからな」

「アルハランド卿も……。確か、お二人は子供の頃から仲が良い、とお聞きしました」

「幼なじみのようなものだ。昔からスティシアーノ公爵家と、アルハランド侯爵家は交流があってな。幼い頃からお互いの家を行き来して遊んでいたんだ」

ノルトの話にミリアベルは聞き入った。

ノルトとカーティスの信頼関係は一朝一夕で築けるようなものではない。

魔道士団の団長と副団長という職務上の信頼関係とは別に、友人としてお互いを理解し合ってきたのだろう。

そんな風に信頼できる人物がいるという事に、ミリアベルは少しだけ憧憬の念を抱いた。

「あれは……どっちの邸だったか……母たちが庭園でお茶をしていたんだ。私とカーティスはその周りで走り回って遊んでいて……」

「アルハランド卿の子供の頃……何だか想像ができるかもです」

「私も子供の頃は子供らしく外で遊ぶ事も好きだったぞ……？」

なぜかノルトはカーティスに対抗心を燃やす。

「ふ、ふふっごめんなさい……っ、スティシアーノ卿にも小さな男の子だった時代がありますものね」

ミリアベルは堪えきれずに吹き出した。

ノルトは当時の事を思い出したのだろう、若干顔をしかめている。

「——ああ、そうだ。思い出した、あれは私の家の庭園だ。カーティスと探索していたら、どこから入り込んだのか……近くに結構な大きさのアレがいたんだ」

ノルトは指で「これくらい」と大きさを示してくる。

「それは、大きいですね……」

先ほど見かけた蜘蛛と勝るとも劣らないサイズ感に、ミリアベルも眉を下げた。

「だろう？　私はそれに気付かずに、カーティスと近くを駆け回っていて——そうして、何かにつまずいて転んだんだ」

「——っ、まさか……!?」

ミリアベルはその後の事が容易に想像できてしまい、口元を手で覆った。

ノルトは神妙な顔で頷くと、聞くのも恐ろしい続きを口にした。

「フィオネスタ嬢が考えた通りだ……私はアレがいる草木に突っ込んでしまい……アレが私の顔に張り付いた」

「——っ!?　……ひぃっ」

想像は当たっていたどころか、より悲惨な結果だったようだ。

顔に張り付いたなど、一体どれだけの恐怖を味わったのだろうか。

思わずミリアベルは悲鳴を上げ、自分で自分を抱き締めてしまった。

その様子を見ていたノルトは苦笑する。

「子供心に、あれは恐怖だったな……。大人になった今でもトラウマだよ」

「それはトラウマにもなりますよ……。私だったら失神してしまいますもの」

「同意してもらえて良かったよ。……良い年をした男が、虫に怯えているなんて情けないだろう？」

「いいえ……！　そんな事思いませんよ」

ミリアベルはぶんぶんと首を横に振る。

幼少期にそんな体験をすれば、虫──蜘蛛に恐怖心を抱いても仕方ない。

逆に、弱点も隙も何もない完璧な人よりも人間味があって、そちらの方がミリアベルは好きだ。

「それだけの体験をされたんですもの……。トラウマにもなります」

「──はは、ありがとう。……そうだ、そう言えばフィオネスタ嬢は何か苦手なものはあるのか？　あらかじめ聞いておけば、それらを遠ざける事ができる」

ミリアベルは「えっと……」と口ごもり、目を逸らした。

ミリアベルにも苦手な物があるようだ。

そう察したノルトはミリアベルが続きを言うのを待つ。

「その……虫、とかは……苦手ですけどそこまでではなくて、大丈夫なのですが……」

「うん？」

——虫が大丈夫なのか、羨ましい。

ノルトは本心からそう思ったが、ミリアベルは恥ずかしいのか、肝心の苦手なものをとても言いそうにない。

しばしの沈黙の後、やっと決心したミリアベルは蚊の鳴くような声で言った。

「わ、私……っ、どうしてもピコナタと……っエニ茸が苦手で食べられないのです……っ」

思いもよらぬ事を言われ、ノルトはきょとんとした。

一体何がそんなに苦手なのかと思っていたのだが……

「ピコナタと……エニ茸……？」

「——ぅっ、スティシアーノ卿も……な、情けないと思われるでしょう……？」

「いや、そんな事はないが……。ただ意外だな、と……」

ピコナタとエニ茸。

ピコナタとは、薄緑色をしたウリ科の野菜の一種だ。

栄養満点だが、苦味が強いので子供が最も苦手とする野菜として有名だ。

エニ茸はキノコの一種だ。

香りと味が独特で、これもまた子供に苦手と言われる事が多い。

十歳以下の子供が苦手とする食べ物を、自分も未だに苦手としている。

それを告白するのに、ミリアベルはとてつもない羞恥心を抱いているのだろう。

「……っ、どうしてもピコナタのあの苦味が何年経っても苦手で……っ、ピコナタが使われているお料理はどうしても食べられないのです……。それにエニ茸はあの、ぶよっとした食感と味がやっぱりどうしても嫌いで……土の味がするのが無理なんですっ」

真っ赤になって訴えるミリアベルの目には涙さえ滲んでいた。

「――そうか、フィオネスタ嬢にもそんなにも苦手なものがあったのだな。ならば、食事の時はピコナタとエニ茸をフィオネスタ嬢に出さないように伝えなければ」

ノルトは優しくそう言った。ミリアベルは恐る恐るノルトを見上げる。

ミリアベルは自分が子供舌だと言う事を自覚していたし、十七歳にもなってまだ好き嫌いをしているのか、と呆れられてしまうかと思っていた。

だが、ノルトは至極真面目にミリアベルの話を聞いて、対応策まで考えている。

「――スティシアーノ卿は……、笑わないのですか……」

「――うん？　なぜ？」

ノルトはきょとんと目を瞬かせ、ミリアベルは逆に呆気に取られた。

「その……、いつまでも子供のような事を言っていないで、好き嫌いせずに食べなさい、と言われてしまうかと思っていました……。もしくは、子供みたいな理由で嫌いな食べ物があるなんて……笑われてしまうかと……」

ノルトは眉を下げて微笑みを浮かべる。

「フィオネスタ嬢に、そんなに苦手な食べ物があるとは驚いたが……私は嫌いな食べ物を無理して食べる必要はないと考えているよ。それに、苦手なものを理由に人を笑ったりはしない」

「子供っぽい、とは思われないのですか……？」

「ああ。フィオネスタ嬢は、アレが苦手な私を恥ずかしいとか、男のくせに、とか思うか？」

ミリアベルは首を横に振って否定した。

「ははっ、そうだろう？　誰にでも苦手なものはあるのだから」

ノルトはミリアベルの頭をそっと撫でる。

「食事の際は用意する者に伝えておくし、もし入っていたら避けておけばいい」

「──ありがとうございます。……私にとってはスティシアーノ卿がお嫌いなアレと同じくらい、その……あの食べものが苦手です……」

視界に入るだけで駄目なんです、とミリアベルは恥ずかしそうにはにかんだ。

ノルトにお礼を伝えると、お互いの気分が少しでも晴れやかになるように、と気持ちを落ち着かせる聖魔法をこっそり発動したのだった。

◇◆◇

気を取り直し、ミリアベルとノルトは魔法騎士団の怪我の治癒を再開した。魔道士団の団員たちとも交流しつつ、駐屯地を回る。

「――フィオネスタ嬢。先ほど掛けてくれたのは聖魔法だろうか？　予定外に魔法を発動させてしまって申し訳ない。体調は？　無理はしていないか？」

ノルトが声を潜めて尋ねてきて、ミリアベルは首を横に振る。

「大丈夫ですよ。その……先ほどの魔法は魔力消費がとても少ないものですから。それよりも――」

ミリアベルは、カーティスやラディアンの方をちらりと見た後、困ったように眉を下げた。

視線は合わなかったが、あの二人に見られているような気がする。

ノルトはこのまま自分の傍にい続けてもいいのだろうか。

「その……、先ほどから魔法騎士団の団長さんや……アルハランド卿がこちらの様子を窺っているような気がするのですが……大丈夫でしょうか？」

「あー……、まだ、大丈夫だろう。私がいなくとも、カーティスがいれば問題はない」

ノルトもちらりと二人の方を見たが、すぐにミリアベルに笑いかけた。

ノルトの笑みは、どこか作ったような胡散臭い笑顔に見える。

――本当に大丈夫なのかしら？

ミリアベルはじとっとした視線をノルトに向けるが、さっと顔を逸らされてしまった。

「そろそろ……、スティシアーノ卿もあちらに戻らないといけないのではないでしょうか？　私でしたら、一人で大丈夫ですよ？　ちゃんとこまめに休憩を取って、大きく魔力を消費しないように気を付けますから」

任せてくれ！　というように自信満々に告げるミリアベルに、ノルトは何とも言えない表情を浮かべる。

ミリアベルは気付いていないのだ。

先ほどからミリアベルに話しかけたそうにこちらの様子を窺っている魔法騎士団の団員たちに。

大きな怪我の治癒は終わり、自分たちで軽く手当をすれば事足りるような軽い怪我の者ばかりだ。

彼らはノルトがミリアベルの傍を離れるのを今か今かと待っている。

──くそ、なぜかとてつもなく不愉快だ……。

ノルトがミリアベルの傍から離れたら、すぐに魔法騎士団の団員たちがミリアベルに近寄ってくるだろう。

やはりミリアベルを置いてカーティスとラディアンの下に戻るのは、リバードとの約束に反するのではないか。

「スティシアーノ卿？　どうなさいました？」

「──えっ？　あ、ああ……」

急に黙りこんだため、ミリアベルは心配そうに話しかけてくる。

ノルトは曖昧な笑顔でゆるりと首を横に振った。

「いや、何でもないよ。そろそろ治癒が必要な団員もいなくなってきただろう？　切り上げる準備をしようか」

「え？　でも、まだ怪我をしている方がいらっしゃるみたいですけど……」

「いや、あいつらに……」

治癒の必要はない、と言おうとしたが、ミリアベルが意気込んでいるのを見ると止めづらい。

ノルトは小さくため息を吐いた。

「――わかった。だが、これからは治癒魔法を掛ける相手は最低限にしていこう。全員を治癒して回っていたら、フィオネスタ嬢も疲労が溜まる。この後も討伐は続くから、疲労は最小限に抑えようか」

「りょ、了解しました……！」

有無を言わせないノルトの笑顔に押されて、ミリアベルはぴしっと背筋を伸ばした。

◇◆◇

駐屯地を忙しなく動き回るミリアベルの後を、ノルトもついてくる。

最初はノルトが体調を心配してくれる事に気恥ずかしさと嬉しさを感じていたが、徐々に首を傾げるような出来事が増えてきて、ミリアベルは自惚れそうになる心を律しようと必死だった。

魔法騎士団の者がミリアベルに近付くと、まるで守るように前に出て、団員たちを牽制する。

移動中、つま先を地面にひっかけて転びそうになると、さっと支えてくれる。

治癒魔法を使った後は、その度に体調を気にしてくれる。

本当に、魔道士団の団員一人一人をしっかりと見てくれているのだ。

——そう、そうよ……。スティシアーノ卿は真面目な方だから、私が怪我をしないように、魔力切れでご迷惑をかけないように細心の注意を払ってくださっているだけ！

だから、他の男性が私に近付くのを防げているように見えるのもきっと気のせい……！

私の体調を気遣ってくださるのも、魔道士団の団長として普通の事……！

そう自分に言い聞かせないと、ミリアベルは勘違いをしてしまいそうだった。

それ程、ノルト・スティシアーノという人は過保護だ。

「ス、スティシアーノ卿……！　そろそろっ、お戻りになられた方がいいのでは……！」

「……？　私が傍にいると気が散るだろうか？」

「いえ、そんな事はないのですが……っ」

ノルトはミリアベルが移動する度にちょこちょことついて来る。

ミリアベルは助けを求めるようにカーティスとラディアンの方向を見た。

二人はミリアベルの視線に気付いたようだが、ミリアベルの表情までは見えていないのだろう。

呑気に手を振ってきて、ミリアベルは「そうじゃない！」と心の中で叫ぶ。

ノルトは先ほど切り上げる準備をしよう、と言った。

つまり、そろそろあちらに戻ってラディアンと話す時間が迫ってきているのだろう。

「スティシアーノ卿、怪我をしていらっしゃる方ももうほとんどいませんし、あとは私だけで大丈夫です。先ほどもお伝えしましたが、アルハランド卿と魔法騎士団の団長様がこちらを気にし始めているようです。スティシアーノ卿だけでも、先に戻った方がいいと思いますが……」

「──あぁ……」

ノルトもカーティスとラディアンの方を見て眉を寄せる。

先ほどはまだ大丈夫と言っていたが、さすがにそろそろ限界のようだ。

「なら、フィオネスタ嬢も私と一緒に戻ろう。怪我人の治癒はもう終わっただろう？　あちらでしっかり休憩を取った方がいい」

「いえ、私はもう少しだけ怪我人の確認をしてから戻ります。あちらの団長さんをこれ以上お待たせしてしまうのは申し訳ないです」

ミリアベルは後は私に任せてください！　と胸を張った。

ノルトは口元に手を当ててどうしようか、と考え込む。

──確かに、これ以上あちらを放置しておくのも……

それに、こうまで言われてフィオネスタ嬢の傍にい続けるのも疑問に思われてしまう。

治癒の邪魔になってしまっては戻るのがさらに遅くなって、本末転倒か。

既に付き纏い過ぎている事には目をつぶり、ノルトはカーティスとラディアンの方を向いた。

「──わかった、そろそろ私もラディアンと話をしてくるが……くれぐれも無理はしない、と約束してくれ。少しでも体調に変化があったら直ちに治癒魔法を中止して、こちらに戻ってくるように」

「はい」

「ああ、あと魔力の消費が増えると体がふらつく事もある。足元に気を付けて、転倒しないように──」

「はい」

あれこれ注意事項をミリアベルに言い渡し、ノルトはゆっくりとカーティスとラディアンの下へ歩いていく。

とても心配性ね、スティシアーノ卿は。

不安そうにちらちらと振り返るノルトを見て、ミリアベルは苦笑する。

想いを断ち切るように手を振ると、怪我人の治癒を再開するためにくるりと背を向けた。

◇◆◇

「──やーっと戻ってきた」

「見ろよ、あの不機嫌そうな顔。フィオネスタ嬢に邪魔だ、って追い返されたなありゃぁ」

ふてくされたような顔でやって来るノルトに、カーティスとラディアンは顔を見合わせて笑ったのだった。

新 * 感 * 覚 ファンタジー！

Regina レジーナブックス

レジーナブックス Regina

最強の親友たちと、幸せになります!

地味だからと婚約破棄されたので、我慢するのをやめました。

神崎《かんざき》 葵《あおい》

イラスト：泉美テイヌ

かつて王兄を篭絡し、吟遊詩人と駆け落ちをした母親を持つ令嬢エミリアは、父から地味に生きることを強いられてきた。しかしその地味さゆえに婚約破棄をされた挙句、父親に酷く罵倒されてしまう。今まで言うことを聞いてきたのに！　と混乱のまま、家を出たエミリアは親友のミシェルの家に拾われることに。すると華麗で奔放な令嬢ミシェルが、今まで押し込められていたエミリアの美しさを解放していき——？

詳しくは公式サイトにてご確認ください。

https://www.regina-books.com/

携帯サイトはこちらから！

この作品に対する皆様のご意見・ご感想をお待ちしております。

おハガキ・お手紙は以下の宛先にお送りください。

【宛先】

〒150-6008 東京都渋谷区恵比寿4-20-3 恵比寿ｶﾞｰﾃﾞﾝﾌﾟﾚｲｽﾀﾜｰ 8F
（株）アルファポリス　書籍感想係

メールフォームでのご意見・ご感想は右のＱＲコードから、
あるいは以下のワードで検索をかけてください。

アルファポリス　書籍の感想　検索

ご感想はこちらから

本書は、「アルファポリス」（https://www.alphapolis.co.jp/）に掲載されていたものを、
改稿、加筆のうえ、書籍化したものです。

あなたの事《こと》はもういりませんから
どうぞお好《す》きになさって？

高瀬 船（たかせ ふね）

2023年 10月 5日初版発行

編集－徳井文香・森 順子
編集長－倉持真理
発行者－梶本雄介
発行所－株式会社アルファポリス
〒150-6008 東京都渋谷区恵比寿4-20-3 恵比寿ｶﾞｰﾃﾞﾝﾌﾟﾚｲｽﾀﾜｰ8F
TEL 03-6277-1601（営業） 03-6277-1602（編集）
URL https://www.alphapolis.co.jp/
発売元－株式会社星雲社（共同出版社・流通責任出版社）
〒112-0005 東京都文京区水道1-3-30
TEL 03-3868-3275
装丁・本文イラスト－pokira
装丁デザイン－AFTERGLOW
（レーベルフォーマットデザイン－ansyyqdesign）
印刷－図書印刷株式会社

価格はカバーに表示されてあります。

落丁乱丁の場合はアルファポリスまでご連絡ください。

送料は小社負担でお取り替えします。


ISBN978-4-434-32677-6 C0093